Christian Friedl

Adams Äpfel
und andere Früchtchen

Christian Friedl

Adams Äpfel

und andere Früchtchen

Illustrationen von Karin Leiter

Tyrolia-Verlag · Innsbruck-Wien

Mitglied der Verlagsgruppe „engagement“

Die Deutsche Bibliothek – CIP-Einheitsaufnahme

Friedl, Christian:
Adams Äpfel und andere Früchtchen/Christian Friedl.
Ill. von Karin Leiter. – Innsbruck ; Wien : Tyrolia-Verl., 1993
ISBN 3-7022-1886-6

Umschlag und Illustrationen: Karin Leiter

1993

Gesamtherstellung bei Athesia-Tyrolia Druck
Gesellschaft m.b.H., Innsbruck

Inhaltsverzeichnis

Glüh-Birnen

Heilig

Heilig Du,
heilende Hand,
sanfte Berührung für meinen
schreienden Körper.

Heilig Du,
Mund von
vollendeter Gegenwart,
der voller Leidenschaft
in diesem Augenblick
mich küßt.

Heilig Du,
liebevoller Freund,
den ich umarme und
nicht mehr
gehen lassen will.

Heilig:
Ja, heilig
bist Du allein,
mein Gott!

Das Feuer

Am Feuer stehen
und sich wärmen
        Bleibt fern der Gefahr
        und laßt sie nicht
        zu nah an euch heran!
Nach dem Feuer
verbrannt
vertrocknet
oder aber
glühend hell und heiß.
        Wir stehen
        vor dem Feuer.
Noch haben wir
die Chance ...

Inanspruchnahme

Nicht mit Formeln,
nicht mit Dogmen
und nicht
mit gesenktem Haupt
werde ich Gott begegnen.
        Ich werde Ihn suchen
        auf krummen Bahnen
        in den Schluchten
        meines Lebens.
Ich werde Ihn finden:
Das
hat Er mir versprochen.

Krankheiten

Wie die Angst vor dem Morgen
ist die Krankheit
des Wissenmüssens:
Weil Formeln
die Liebe nicht er-tragen
und Dogmen
meinen Gott ersticken.

Wie ein Tod mitten im Lachen
ist die Krankheit
des Nur-mehr-Lächelns:
Weil die Welt
vor dem Abgrund
mehr braucht
als gefaltete Hände.

Von Gottes Liebe
angesteckt,
kann ich
dem Ernst meines Daseins begegnen:
in Freude,
in Trauer
und in aller
Lebendigkeit.

Aufruf

Wehrt euch, ihr Alten,
und zeigt dieser Welt
die Weisheit eurer Tage!
    Wir werden euch brauchen,
    wenn wir
    überleben wollen.

Steht auf, ihr Kranken,
und zeigt uns allen
die Weisheit eurer Schmerzen!
    Ohne euch
    werden wir nie
    die Gleichgültigkeit überwinden.

Erhebt euch, ihr Kinder,
und gebt uns
die Weisheit eurer Fröhlichkeit!
    Ihr könnt uns zeigen,
    was es heißt
    zu leben.

Ihr Alten, ihr Kranken, ihr Kinder:
Beginnt endlich zu schreien!
Ich, der ich nicht wage,
mich zu euch zu zählen,

erhoffe eure Hilfe.

Kreislauf

Den Tag
durchstehen
bis zur Nacht –
die ist leichter:
Sie verdeckt
die Sehnsucht
mit einem Leichentuch
aus Mondlicht.

Die Nacht
überleben bis zum Tag –
den magst du lieber:
Er nimmt die Angst
mit seinem Licht
vor den Geschöpfen
deiner kranken Phantasie.

Inmitten der Dämmerung
hab' ich gehört,
wie der Weise
zu mir sprach:
„Sie dreht sich,
mein Freund,
sie dreht sich …"

Wechseljahre

Die Sonne
ist untergegangen.
Nichts
kann uns halten,
wenn wir fallen
durch diese ewige
Finsternis.

Niemand wird uns finden –
niemand unsre Einsamkeit
zerstören.

Der Mond
ist aufgegangen.

Vogelperspektive

In der Liebe Gottes
ein Abschied
auf ungewisse Zeit.

Ungegebene Küsse
schmecken bitter
auf meinen Lippen.
Ein Adler steigt
der Sonne entgegen
und fängt sie auf.

Im steilen Flug
spricht er zu mir,
gibt schnelle Zeichen
mit seinem Flügelschlag.

In der Liebe Gottes
ein Abschied
auf Zeit und
Ewigkeit.

Beim Gedanken an ein schönes Mädchen

Schon ist erglüht mein bißchen Herz;
Das kalte Wasser der Vernunft
Lindert für kurze Zeit den Schmerz;
Doch lindert nicht die Ungeduld,
Die mich erfaßt, sobald ich denke
An dich und unsere Zusammenkunft.

Und fast empfinde ich's als Schuld,
Daß ich dies große Spiel nicht lenke.
Bin selber bloß Figur,
Bin Kaspar, bin Soldat,
Kann nur erträumen, hoffen nur –
Da haben wir schon den Salat!

Der Absturz (Ein Liebesgedicht)

Ein Augen-Blick
deiner Freundschaft
hat die Hölle
zum Himmel erhoben.
        Der Tod
        hält den Atem an,
        und Ikarus steigt
        und steigt
        und steigt …
Und dann
ist es plötzlich
um ihn geschehen.

Argument des Bedrohten

Wenn du mich töten willst,
dann tu es
jetzt und hier.
        Wenn du mich töten kannst,
        versuch es,
        und es wird dir
        nicht gelingen.
        Töte mich,
        und ich bin frei.
        Töte mich nicht,
        denn sonst wirst du
        mein Sklave sein.
Wenn du mich töten willst,
dann laß es bleiben.

Der Schuldige

Du siehst sie also vor dir. Sie alle. Die Zeitung, braun verfärbt vom Sudel, in dem sie liegt, die Frau an der Hauswand mit den leeren Augen, die blaßbunte Menge, die hektisch einem ungeliebten Tagwerk nachrennt – sie alle werden durchlässig für die Bilder, die deine Phantasie unablässig zum Leben beruft. All deine Lieben. Deine Geliebten. Deine Geliebte. Aber die gibt es ja nicht mehr.

Keinen davon. Sie haben dich geliebt, und du hast sie enttäuscht. Sie sind die Betrogenen, du bist der Betrüger. Und wie hast du sie enttäuscht!

Eine Zigarette? Nun gut, eine Zigarette, Zug um Zug. Als ob es darauf jetzt noch ankäme! Das bißchen Gift mehr oder weniger. Das bißchen Leben …

Ein Canossagang allemal. Der Hausarzt, der dich mit hämischem Grinsen zur Aidshilfe schickte. Der wußte schon, was er zu tun hatte! Du aber mit aschfahlem Gesicht zur Anklagebank, wo sie dir Blut abnahmen und dich zu beruhigen suchten. Schreien wolltest du, der Leiden wären genug gewesen! Was für ein Hohn.

Wir alle erleben die Prüfung; sie ist nicht dein Vorrecht. Quält dich die Sünde? Nein, nicht einmal das. Dich quälen die Folgen der Sünde. Die Angst vor den Folgen ist es, die dich quält. Die hättest du früher haben sollen! Angst ist heilsam, denn sie bewahrt den zu Prüfenden vor dem Fall. Du aber hattest nur Angst um deine Lust, um die Befriedigung deiner Lüsternheit.

Darum hat Gott dich vertrieben aus deinem selbstgepflanzten Garten Eden. Auf daß du erkennest, wie schuldig du bist. Schuldig an denen, die ihre Hoffnungen in dich setzten, die glaubten, es könne noch etwas aus dir werden. Ein Mensch, nützlich für die Gemeinschaft, pflichtbewußt und stolz, ein Teil sein zu dürfen.

Aber du hast ihr Vertrauen mißbraucht. Und nun zitterst du plötzlich um dein Leben.
Natürlich kannst du noch immer Glück haben. Vielleicht ist ja gar nichts passiert. Aber dann weißt du ja doch, daß du das Glück nicht verdienst. Du bist nicht mehr würdig. Du mußtest ja die Normen verachten, die Regeln verspotten, jeden Maßstab verspucken, um dich in Gefahr zu bringen. Hast du gelernt? Weißt jetzt, wozu die Normen gut sind? Dazu ist es schon zu spät. Obwohl du ja, wie gesagt, noch immer Glück haben könntest.
Und wie du scharf warst auf sie! Wie eilig du es hattest, deiner Geilheit zum Erfolg zu verhelfen. Ja, natürlich war sie schön. Eine Frau eben. Hat denn jemals etwas anderes für dich gezählt, während du dich gemeinsam mit ihr in einen trügerischen Himmel katapultiert hast? War es denn ihr Intellekt, der dich anzog? Ihre wundersame Art zu lachen, wenn sie eigentlich gar nichts mehr zu lachen hatte? Oder waren es nicht doch nur ihre Beine, durch die du dich hast in den Wahnsinn treiben lassen? Du hast doch niemals registriert, welche Art von Frau sie war. Die kleinen Einstichwunden an ihrem Unterarm. Ja, jetzt glaubst du, du hättest sie gesehen. Und du hast nicht daraus geschlossen, daß sie bereits Freiwild war, als du kamst? Nein, du mußtest ja glauben, daß du es warst, der sie erst wirklich zur Frau werden ließ. Was für ein Irrtum!
Und welch ein heldenhafter Anflug, jetzt beinahe zu wünschen, sie hätte dich infiziert – nur, um gemeinsam mit ihr in den Tod gehen zu können. O Klassik und Romantik, edler Rittermut; Charakterstärke – jetzt?! War dazu wirklich nötig, zuerst mit dieser Hure ins Bett zu gehen?
Gott sei Dank, der Anflug ist vorbei. Komm nur nicht wieder mit der Ausrede, man könne sich die Krankheit auch auf andere Weise holen. Blutkonserven, infizierte Spritzennadeln. Man kennt ja das alles. Zittere lieber in

deinem Innern vor der Strafe, gerade so, wie es sich gehört. Und bedenke, daß du noch einen Canossagang vor dir hast – einen, der die Entscheidung mit sich bringt. Denn deine Gnadenfrist neigt sich dem Ende zu. Während du also zögernd die Tür aufstößt und die Stiegen hinaufgehst, fühlen wir alle mit dir und hoffen, daß dir Gerechtigkeit widerfährt. So wie du es verdienst.

Hoheslied (nach 1 Kor 13)

Wenn meine Worte
zu Blei gerinnen,
die Sprache mich verläßt
und das Lied meiner
Trommel verstummt –
wenn Gott mich lehrt,
Dich zu lieben,
werden Engel und Menschen
meine Freunde sein.

Und wenn ich
kein Geheimnis mehr kenne,
und all mein Wissen
zerfällt zu Staub;
wenn ich
der Kleinste bin
und Schwächste
vor meinem Herrn –
wenn Gott mich lehrt,
Dich zu lieben,
werde ich weiser sein
und stärker als viele.

Und wenn ich nichts habe,
um es zu verschenken,
und selbst das Feuer
meinen Leib verschmäht –
wenn Gott mich lehrt,
Dich zu lieben,
werde ich reifen
und Früchte tragen
in Ihm.

Affendämmerung

Ich habe dich
schlafen gesehen
in meiner Nähe
am Ende
einer fast endlosen Nacht.

Wach auf,
meine Freundin!
Laß uns
die Segel hissen
und Kurs anlegen
auf die Inselgruppen
Phantasie!

Sie geben uns
liniertes Papier
und wir schreiben
quer über die Zeilen.

Wenn wir nur
der eigenen Verrücktheit
Vertrauen schenken
werden wir sehen
wie im Westen
die Sonne aufgeht.

Gleichung in einer Variablen

Zum x-ten Mal
ein Tag
mit tausend Fehlern,
uralte Versprechen
nicht einmal mehr gesehn.
Ein Tag wie viele,
nichts wird
je mehr so sein wie jetzt –
Wunden, einmal geschlagen,
heilen nicht so schnell.

Aber nach dem Erwachen
wird ein neuer Tag mich finden –
mit neuen Fehlern
und mit einer neuen Chance.
Und ich darf wieder
neu beginnen,
ganz von vorn,
wie nie zuvor ein kleines Kind,
weil Du mir
Vergebung schenkst
zum x-ten Mal.

Schreiben

Schreiben
ist Leben,
ekstatisch und wild,
und Sterben
bis in die Auferstehung.

Schreiben
ist fühlen mit
aller Kreatur,
ist Wahnsinn
bei intakter Vernunft
und ein Schrei,
der ungehört
verhallt.

Schreiben
erwartet vielleicht
gar keine Antwort.
Schreiben ist
die Nutzbarmachung
der Einsamkeit.

Träumer

Mit zwanzig
ein Träumer,
der glaubt,
sein Stückchen Welt
verändern zu können.

Mit dreißig vielleicht
die Illusion verloren.
Mit vierzig
ein Realist.

Noch
bin ich zwanzig.
Ich träume.
Ich glaube.
Ich hoffe.

Noch
bin ich lebendig.

Mein Leben

Wie ein Drama
ohne Text
oder wie Nachrichten ohne Sprecher
oder wie eine Fahrt
in einem schienenlosen Zug …

Weil eine Begegnung
mehr ist
als ein „Hallo“
und eine Freundschaft
mehr
als 1x Kino die Woche.

Und deshalb
wünsche ich mir,
daß es auch
so bleibt.

Abschied

Gott und die Welt,
Schöpfer und Werk,
Mutter und Kind…

Ich und Jesus
nicht mehr.

Vielleicht
ich und du.

Eine Unmöglichkeit nach der andern

Wahren Glauben finden
und Sektiererei vermeiden –
Ehrlichkeit leben
und dabei niemand weh tun –
Wissen erwerben,
ohne die Welt kaufen zu wollen –
und sich nicht überheben
und trotzdem den eigenen Wert kennen,
oder den anderen achten,
ohne sich selbst zu verleugnen.
Sich niederlassen
zwischen zwei Stühlen,
und irgendwo in der Luft
festen Boden finden.

Die Welt unter Wasser

Das Grauen eines neuen Tages weckte Neidhart aus einem traumgequälten Schlaf, der ihn nicht erquickt hatte. Er sah sich um, mit verquollenen Augen. Vor dem Fenster, allzu nah und ewig schrecklich, erhob sich der rotglühende Sonnenball. Neidhart zog schnell den Vorhang zu, entzündete die Gaslampe und ging ins Badezimmer. Langsam setzte er Schritt vor Schritt – der Boden konnte gefährlich glatt sein an Stellen, wo er es nicht erwartete. Aber seine Körperpflege war ihm heilig, denn was sollten die Leute von ihm denken?

Wahrscheinlich dachten sie nicht sehr viel. Leute denken nicht. Sie überlassen das üble Geschäft lieber den Wissenschaftern und Philosophen, den Theologen und Medizinern, mit einem Wort: denen, die dazu da sind, beamtet von Staats und der Kirche wegen. Und selbst dieser Gedanke war schon wieder sündhaft, und Neidhart bekreuzigte sich schnell.

Im Flur warf er einen langen Blick auf das große Altarbild, das dort schon hing, so lange er sich erinnern konnte. Es stellte die Madonna dar, den Sohn im Arm, der von seiner überschweren Königswürde noch keine Ahnung hatte. Oder wie sonst kam es, daß er dieses fröhliche, strahlende Lächeln trug – das Lächeln eines Kindes eben, eines unschuldigen Kindes. Das Bild hatte Neidharts Vater wahrscheinlich irgendwann aus einer Kirche geraubt. Mit jedem Tag glaubte Neidhart, daß das Antlitz der Gottesmutter sich zusehends verfinsterte, daß die Güte darin der Strenge wich. Oder lag es doch nur am Staub, der sich über Jahre angesammelt hatte? Denn Neidhart wagte nicht, sich dem Bildnis zu nähern, geschweige denn, es zu berühren.

Hastig verdrückte er sich in sein Arbeitszimmer. Auch hier schloß er die Vorhänge, bevor er sich an den Tisch setzte. Er wollte den Tag nicht in sein Haus dringen lassen. Die Sonne war aggressiv, sie war gefährlich und nicht zu bändigen, und eines Tages würde sie die Erde verschlingen mit ihrem Feuer, ihrem Licht, ihrer unirdischen Kraft. Natürlich lag dieser Tag in weiter, weiter Zukunft – aber wozu sich das Unvermeidliche immer wieder in Erinnerung rufen, wenn man ebensogut auch ohne es leben konnte?

Nur wenn es Nacht wurde über dem Tal, gönnte er sich oft einen langen Blick aus dem Fenster. Zwar, die Sterne waren wohl auch Sonnen und ihre Planeten dem gleichen Schicksal gewidmet wie unsere Erde – aber letztlich schienen sie doch nur leuchtende Punkte in der Dunkelheit. Sie vermittelten Frieden, hatten Neidhart schon oft nach fiebernden Stunden ihre Ruhe und Sicherheit gegönnt – gegen jede Vernunft, der ja doch nur das eine sicher schien, daß es Sicherheit nicht gab. Ach, wie war der enthaarte Affe seiner elenden Natur verhaftet!

Genau dasselbe war es mit dem See, den Neidhart nächtens zu betrachten pflegte – jenem dunklen Stück Unbekannt, das sich niemals zu verändern schien und dem doch schon jetzt sein Ende vorbestimmt war. Der See besaß unheimliche Kraft in seiner Ruhe. Aber auch diese Ruhe würde im Chaos enden, unvermeidlich. Dies war das einzige Gesetz, das für alles zu gelten schien.

Er seufzte und schlug seine Notizen auf. Er verwunderte sich und wurde so wütend, daß er die mit Irrtümern bekritzelten Blätter sofort aus dem Heft riß. Wie hatte er sich verirrt im Labyrinth der Variablen! Er begann von neuem mit den Gleichungen der letzten Woche, verband, wo er Verbindung sah, riß auseinander, was nicht zusammenpaßte, diskutierte mit sich selbst und mit den Kurven seiner Wissenschaft. Auf der Suche nach der Formel, die die Welt bedeutete, vergaß er sich selbst und seine Einsamkeit wenigstens für kurze Zeit.

Aber schon bald wurde er in seiner Arbeit unterbrochen. Aus dem Garten vor dem Haus drang ein Ruf. Neidhart sprang auf und wich zurück. Der Ruf erklang

ein zweites Mal – es war Neidharts Name, den die makellose, glockenhelle Stimme da rief, und in der Erinnerung des Forschers flammte voller Zärtlichkeit ein Bild empor. Er ging ans Fenster und schob langsam den Vorhang beiseite. Ja – es war Julia, die da stand, den Frühstückskorb in der Hand, den sie ihm all die Jahre jeden Tag gebracht hatte. Und, bei Gott!, sie war es wohl wert, daß er seine Augen dem Licht des Tages aussetzte! Neidhart mußte sich wieder einmal fragen, warum sie das alles für ihn tat. Er konnte sich beim besten Willen keinen vernünftigen Grund dafür denken. Ja freilich, für sie war die Welt ein blühendes Tal, ein sprudelnder Quell, schön wie sie selbst. Er dankte ihr mit einem Nicken, sie winkte ihm fröhlich zu und lief davon. Er konnte es nicht lassen, ihr nachzusehen. Ihr Gang war getragen von Schwung und Grazie, das allzu einfache Kleid konnte die Eleganz nicht verbergen, die in dem wunderlichen Wesen wohnte. Das Haar diesmal zu einem Zopf geflochten, notierte er in seinem Tagebuch.
Erst als sie hinter der nächsten Kurve verschwunden war, zog er rasch den Vorhang zu, und die Angst kroch ihm den Rücken hoch. Es war die allerschwerste Aufgabe in seinem mühevollen Tag, die Treppen hinunterzugehen und die Tür zu öffnen, um die Speisen hereinzuholen. Er war froh, als er sein Zimmer wieder erreichte und zu essen begann.
Doch dann kam eiskalter Schrecken über ihn. Vom Boden des Korbes starrte ihn jemand an. Ein aufgedunsenes Gesicht, von Narben gezeichnet, das Unheimliche, Fremdartige in den Augen. Im Entsetzen der ersten Sekunde nahm er den Spiegel und schleuderte ihn zu Boden. Dann trampelte er wütend auf seinen blinkenden Resten umher. Sie hat mich hintergangen, dachte er immer wieder, hat mich hintergangen, hintergangen, hintergangen. Die Wände drehten sich um ihn, er taumelte und fiel mit dem Gesicht in die Scherben. Das Blut auf der Wange, stolperte er ins Badezimmer und wusch

vorsichtig seine Wunden. Nicht wagte er es, den verhüllten Wandspiegel anzusehen, der dort hing. Nachdem er, immer noch zitternd, auf sein Bett gefallen war, begann er sich zu fragen, wie um alles in der Welt sie hinter sein Geheimnis gekommen war. Und er erkannte, daß es ein Fehler gewesen war, die Warnungen seiner Ängste nicht ernst zu nehmen.

Zum ersten Mal seit Jahren blieb seine Arbeit liegen an diesem Tag. Er wagte es kaum, aus seinem Zimmer zu gehen, in dem er von Wand zu Wand lief und schmerzverzerrt sich selbst sein Herz ausschüttete. Zuviel vertraut!, schrie es in ihm, viel zu weit dich eingelassen! Er weinte stumm in seinen Polster, verkrampfte sich vor Kälte, während draußen der Sommer ein Fest feierte. Als er schließlich einschlief, wußte er nicht, ob es Tag war oder Nacht. Er wurde geweckt von Julias Ruf und drückte sich dicht an die Wand. Noch einmal hörte er sie rufen und nach längerer Zeit ein drittes Mal. Aber er antwortete nicht. Er ging an seine Arbeit, als wäre nichts geschehen. Doch die Gleichungen verschwammen vor seinen Augen, und in seinem Gehirn war nebelumwobene Finsternis. Er kam einfach nicht weiter, und doch wollte er nicht von seiner letzten Hoffnung ablassen. Tag und Nacht wurden zu einem nicht mehr unterscheidbaren Dämmer, in den er mehr und mehr versank. Bald hörte er Julias Rufe, die zu Schreien wurden, während er sich festhielt an seinem Papier. Hunger kam, und Durst, und Hunger und Durst verschwanden wieder, um ihn bald darauf erneut zu quälen. Er wußte sich nicht zu helfen, als die Leere in seinem Körper überhandnahm, und legte sich auf sein Bett, um zu sterben.

Aber etwas in ihm war stärker. Er arbeitete sich hoch und riß den Vorhang auf: Draußen war Nacht. Mühsam, immer die Gefahr vor Augen, zu stolpern und sich den Hals zu brechen, kletterte er die Stiege hinunter. Vor der Tür stand ein Korb. Er fand Brot darin und machte sich nicht die Mühe, ins Haus zurückzukehren. Nachdem er ein paar Bissen gegessen hatte, blickte er auf. Der See, die Sterne und der blutleere Mond luden ihn zu ihrer kinderlosen Hochzeit. Kein Windhauch regte sich, die Natur war in feierliche Stille gehüllt. Kaum seiner selbst bewußt, stand er auf und setzte Schritt vor Schritt. Erst als er am Ufer ankam, begann er zu begreifen, was er getan hatte. Und fast erschrak er: Die so vertraute Angst fehlte völlig. Er trank große Schlucke vom Wasser des Sees. Dann erst, als die Wellen, die seine Hände erregt hatten, sich beruhigten und eine fast vollkommen ebene Oberfläche ließen, in einem beseelten Moment, der nichts übrigließ von der Mission seines Lebens, der die Suche nach der Weltformel zu einem eitlen Vergnügen vergehen ließ, sah er sich selbst. Und mitten in seinen Augen, die etwas zu sagen schienen von Unendlichkeit und Sehnsucht, entdeckte er Schönheit.

Ganz in der Nähe fand er ein Boot. Er bestieg es, stieß sich mit dem Ruder vom Ufer ab und fuhr hinaus in die Mitte des Sees. Dort legte er sich rücklings über die Ruderbänke und sah hinauf in den Himmel. Die Luft war rein, so rein! Und die Sterne so klar heute nacht! Neidhart lächelte und blieb ruhig liegen.

Das Wasser kräuselte sich. Ein zarter Windhauch versetzte den Spiegel in Bewegung. Die Bäume begannen zu flüstern, zu reden, zu rauschen. Aus dem Kräuseln wurden Wellen, Vögel flogen aufgeregt davon. Das Boot schlingerte. Und das Ufer war weit, so weit! Die Bäume bogen sich, der Wind wurde zum Sturm. Da sah Neidhart hinab auf den Grund des Sees, und er sah ein anderes Tal mit anderen Bäumen, mit Dörfern und Menschen und allerlei Getier, und mit einem Himmel aus Wasser. Je heftiger er ruderte, und je mehr er einsehen mußte, daß er das rettende Ufer nicht erreichen würde, desto deutlicher sah er die neue Welt, die ihn zu sich rief mit ausgestreckten Armen. Das Boot füllte sich mit Wasser, Neidharts Kleider klebten an seinem Leib. Der Sturm knickte die ersten Bäume. Das Boot kenterte.

Wasser war um Neidhart, Wasser in seiner Kehle, Wasser, Wasser, Wasser!
Mit einem Mal legte sich der Sturm, und alles war friedlich wie zuvor.

„Er war schon in der Schule ein sehr stilles Kind“, sagte der Lehrer.
„Sein Vater war ein Dieb“, fügte der Richter hinzu.
„Die Mutter war wohl zwei-, dreimal bei mir“, gestand die Engelmacherin.
„Ich wollte ihn nicht ins Irrenhaus bringen lassen“, bestätigte der Arzt.
„Die Leiche wurde nie gefunden“, sinnierte der Polizist.
„Ich habe ihn geliebt“, sagte Julia und küßte leidenschaftlich ihren Gefährten.

Adams-Äpfel

ich das Buch
le, die er
llismus,
geht.
ßchen
erzureden.
sah das Er

Äpfel

Als die Freude aufbrach
zu neuen Ufern
jenseits eines Meeres
aus Nebel,
nahm Eva
ihren Freund an der
Hand,
und sie gingen,
ein Picknick zu
halten.
Es wurde nichts daraus:
Sie hatten
die Äpfel vergessen.
Aber schön
war es trotzdem.

Infragestellung

Lebt Gott
noch?
Ich stelle die Frage
zum tausendsten Mal.
        Gott lebt,
        denn Er selbst
        hebt die Stimme
        zur Antwort.
Da frage ich wieder:
Vielleicht nur,
weil Gott so eine schöne
Stimme hat.

Ein Blick voll Mitleid

Meine Vorzimmerwand ist fast voll mit Bildern von Mädchen. Blonde Mädchen, dunkelhaarige. Große und kleine. Mädchen mit listigen, funkelnden, kleinen oder kindhaft großen, strahlenden Augen. Gütige Blicke und strenge, Gesichter, aus denen trotz ihrer Jugend bereits welterfahrene Weisheit spricht, und solche, deren kindliche Unerfahrenheit schon im ersten Augenblick gefangennimmt.
Nicht, was Sie denken. Sie stammen nicht aus Magazinen oder Kalendern, und schon gar nicht von der berühmten Seite sieben. Aber lassen Sie mich erzählen, während ich Renates Photo zurechtschneide, um ihr einen Platz unter ihren Kameradinnen zu sichern.
Ich lernte sie im Supermarkt kennen. Ich weiß, das klingt banal, aber es ist nichts als die Wahrheit. Sie reichte mir ein paar Konservendosen aus dem obersten Fach, und nachdem ich den edlen Schwung ihrer Augenbrauen gesehen hatte, freute ich mich besonders darüber, daß sie mir half, die Sachen in meine Wohnung zu bringen.
„Wer sind denn die ganzen Mädchen?“ fragte sie sofort – wie übrigens jeder, der meine Wohnung zum ersten Mal betritt.
„Lauter gute Freundinnen von mir“, antwortete ich lächelnd. „Oh … Ja, also – ich gehe dann wieder.“
Vielleicht reagierte ich etwas zu schnell. „Darf ich dir noch einen Kaffee anbieten – oder sonst irgend etwas?“
Sie zögerte einen Moment. „Ja, warum nicht“, sagte sie schließlich, und fünf Minuten später saßen wir im Wohnzimmer, jeder mit einer dampfenden Tasse in der Hand.
„Gehst du noch in die Schule?“ fragte ich sie, um überhaupt etwas zu sagen.
Sie blickte von ihrem Kaffee auf und bedachte mich mit

einem beinahe mitleidigen Blick. „Ich studiere seit einem Jahr. Mathe und Englisch."
Mir fiel dazu nichts Kluges ein. „Macht es dir Spaß?"
„Ja, es geht. Beides ziemlich überlaufen."
Ich hasse nichts mehr als Smalltalk. „Und was tust du sonst noch?"
„Oh, lesen – tanzen ..."
„Tanzen? Hättest du Lust, einmal mit mir tanzen zu gehen?" Ich sah das Erstaunen in ihren Augen und beeilte mich, weiterzureden. „Ich kenne da ein nettes Lokal, weißt du."
Sie nahm einen Schluck von ihrem Kaffee. Die Art, wie sie sich an ihrer Tasse festhielt, gab mir den Eindruck, sie wolle Zeit gewinnen. „Weißt du, ich bin im Augenblick ziemlich beschäftigt. Aber prinzipiell – warum eigentlich nicht?"
„Sehr gut." Ich bat sie um ihre Telephonnummer. Danach beeilte sie sich zu gehen.
Am Abend, nach der Gymnastik im Ambulatorium, redete ich mit Fred über die ganze Sache. Fred ist mein Vertrauter in solchen Dingen. Er ist ja selbst ständig verliebt, und oftmals sitzen wir bei einem Gläschen Wein beisammen und verzweifeln gemeinsam an der Ungerechtigkeit der Welt. Was mir an Fred gefällt, ist der Realismus, mit dem er an alle Fragen von Bedeutung herangeht.
„Vergiß es", meinte Fred. „Sie hat ein bißchen mit dir geredet, na gut. Wahrscheinlich mag sie dich, weil du keine sonderliche Gefahr für sie bist. Das Problem ist, sie schwimmt auf der Mitleidswelle. Und das ist in deinem Fall tödlich."
„Sei doch nicht so zynisch!" ermahnte ich ihn.
„Ich will gar nicht zynisch sein. Ich meine nur: Mach dir keine zu großen Hoffnungen. Vielleicht hast du ja sogar eine Chance. Geh mit ihr tanzen, das ist sicher eine gute Idee. Und ansonsten lies deinen Christy Brown aufmerksamer."

Wieder allein in meiner Wohnung, nahm ich das Buch aus dem Regal. Natürlich kannte ich die Stelle, die er gemeint hatte. Seite 73 in meiner Ausgabe: „Sie blickte zu mir herüber, aber – es geschah mit einem Blick voll Mitleid." Ein bitterer Geschmack breitete sich auf meiner Zunge aus.

Das Tanzen hat schon immer einen eigenen Reiz auf mich ausgeübt. Eigentlich erfordert es gar nicht soviel Mut, wie man glauben sollte. Ich jedenfalls finde es viel mutiger von jemandem, der eigentlich tanzen können sollte – von mir erwartet es ja niemand. Und in dem Lokal, in das ich schließlich – nach zahlreichen vergeblichen Anrufen – mit Renate ging, hat es sich wenigstens die Belegschaft schon lange abgewöhnt, mich verwundert anzustarren.

Natürlich mußte Renate anfangs ihre Hemmungen überwinden. Aber schließlich legten wir doch einige schwungvolle Runden aufs Parkett, und am Ende hatte ich sie so weit, daß sie erschöpft auf ihren Sessel fiel und mit letzter Kraft sagte: „Ich kann nicht mehr." Da ließ ich Gnade walten und bat um keinen weiteren Tanz.

„Ich finde es ganz toll von dir", meinte sie, nachdem sie sich erholt hatte. „Ich meine, wenn ich an deiner Stelle wäre – ich würde sicher nicht …"

Ich mußte sie einfach unterbrechen. „Hör bitte auf mit dem Blödsinn! Du würdest es genauso machen. Es ist auch mutig von dir, weißt du." Ich war plötzlich unsicher und legte meine Hand um das Glas Martini, das vor mir auf dem Tisch stand. „Du bist nämlich ein ganz tolles Mädchen."

Sie lachte. „Ich weiß." Sie kam zu mir und drückte mir einen Kuß auf die Wange, worauf ich heftig errötete. Dann setzte sie sich wieder und redete sehr langsam weiter. „Vergangene Woche habe ich jemanden kennengelernt. Auf der Uni. Er heißt Egon. Das ist schon ein seltsamer Name, findest du nicht?"

„Doch." Ich lächelte, und meine Stimme war weder

belegt noch unruhig. Es ist doch immer wieder schön, an den bedeutsamen Erlebnissen anderer Menschen teilhaben zu können. „Und was studiert er?“
„Englisch und Französisch. Er ist total lieb, ehrlich. So verständnisvoll und offen …“ Sie erzählte mir von ihrem ersten Rendezvous, von den Schwierigkeiten, die sie seinetwegen mit ihren Eltern hatte, von seiner Arbeit an irgendeinem Forschungsprojekt … Am Ende dieses Abends hatte ich eine sehr gute Freundin mehr.
Ich treffe Renate auch jetzt noch häufig. Eine Zeitlang kam Egon in ihren Erzählungen vor, bis sie irgendwann entdeckte, daß er sie die ganze Zeit über betrogen hatte. Später trat ein gewisser Martin auf den Plan, der sich offenbar bis heute gehalten hat. Das Photo habe ich erst vor ein paar Tagen gemacht, als sie gerade von der Uni heimkam. Sie weiß noch gar nichts davon.
Gerade habe ich einen Platz gefunden, zwischen Ingrid und Andrea. Das Tixo wird stilgerecht mit den Zähnen abgerissen. Verflixt, das Ding will nicht kleben. Also nochmal – so, jetzt ist es soweit. Ich schiebe meinen Rollstuhl ein bißchen zurück und begutachte mein Werk. Es ist tatsächlich ein sehr schönes Bild. Ich kann zufrieden sein mit mir.

Lebenserwartung

Du erwartest
– seit einigen Jahren –
das herrliche Leben,
das auf dich wartet
(in einigen Jahren).
        Gott hat dir
        diesen Tag geschenkt.
        Nutze ihn,
        denn das Leben
        ist mehr
        als die Sehnsucht danach!

Träumen

Träumen
von einem Spaziergang
mit dir,
oder von Palmen
an einsamen Stränden.
        Träumen
        vom vollen Mond
        und geleerten Gläsern,
        von ewigen Momenten
        und von einer Beziehung
        mit Gott in der Mitte.
Das alte Murmeltier
läßt sich nicht gerne wecken.
Aber nur zu schlafen
ist eben auch
kein Leben.

Der fliegende Teppich

Ich gehe die alten Stufen hinauf, die schon bei jedem Schritt vor Schmerzen wimmern. Den Fuß mit Bedacht setzen und hoffen, daß sie meinen Tritt ertragen: Fast schon ein Gespräch – und jedesmal ein Aufatmen beiderseits, wenn ich weiterkomme, ohne sie zu verletzen. Die alten Weisen haben Geduld mit mir. Ich bin eine Last, aber ich brauche sie, und vielleicht lassen sie mich deshalb nicht im Stich.

Die Türe hat auch schon lang kein Öl mehr gesehen. Sie stöhnt lauthals, als ich sie öffne.

Muffig ist es hier, am Dachboden. Staub liegt in der Luft, kein Licht findet den Weg herein. Ich tapse ungeschickt durch die Finsternis, stoße an die Kommode meiner Großmutter, einen alten Kasten, einen verschmutzten Gasherd. Was suche ich eigentlich hier?

Mein Fuß berührt etwas Weiches. Ein zusammengerollter Teppich. Ich ziehe und drücke an ihm herum, bis ich endlich einen kleinen Sitzplatz habe. Erst jetzt fällt mir die Stille auf. Ich versuche mich zu konzentrieren – wie war das mit dem Sinn des Lebens? Was haben große Philosophen vor mir gesagt?

Aber unwillkürlich wandern meine Gedanken. Es ist ja noch gar nicht so lange her ... Ein kleines Häuschen. Ausgebrannt. Ein eigenartig schönes Gefühl, wenn kein Dach das Sternenlicht hindert, ins Wohnzimmer zu dringen – oder war es das Schlafzimmer gewesen? Ich muß daran denken, wie ich dort Lebendigkeit und Liebe erfuhr. Aber – damals war ich ja auch nicht allein ...

Bin ich es denn jetzt?

Ich reiße mich zusammen und mache einen neuen Anlauf. Die Bestimmung der Menschheit ist es, den Planeten zu regieren und ihren Fortbestand zu sichern. Die Rolle Gottes in diesem Spiel ...

Und wieder werde ich unterbrochen. Freund Elija stört

meine Kontemplation, wie er in seiner Höhle sitzt und sich fürchtet. Ist er nicht ein dummer Prophet, der glaubt, Gott würde ihm in Sturm und Feuer begegnen? Ich weiß es ja besser, ich aufgeklärter Mensch des zwanzigsten Jahrhunderts! Ich weiß, welcher intellektuellen Anstrengung es bedarf, dem Gott der Denker und Weisen zu begegnen.

Irgendwo in der Dunkelheit raschelt eine Maus. Ich erschrecke fürchterlich. Aber als ich endlich begreife, beginne ich schallend zu lachen, und mir ist, als sähe ich Lachfalten auch in Gottes Gesicht.

Elija, was hast du erwartet?

Zufriedenheit

Ein Frieden
ist das heute
wieder.

Für Österreich,
für meinen Hund,
für das Schnitzel am Herd
und meinen Posten
in der Schuhfabrik.

Was für ein
Frieden!

Für meine Gesundheit,
für den Fußball
und das Glas Bier
in meiner Hand.

Und wenn morgens
die Zeitung kommt,
gibt es inmitten
all des Friedens
ein bißchen Frieden
für den Krieg.

Erlösung

Ich kenne das
Blitzen der Aschera,
das Prickeln des Eros
und das Knistern des Mammon.
        Groß und farbig
        scheint manchmal die Welt.
        Aber sprich nur ein Wort,
        und mein Kartenhaus stürzt ein.
In der Kraft eines Windhauchs
liegt die Stärke
des Universums:
„Ich bin da."

Als die Sintflut kam

Als die Sintflut kam,
öffnete ich mich
und wurde gefüllt
bis zum Rand.
        Dann
        schloß ich mich wieder.
        Jetzt
        ist Leere.
Komm!
Laß uns aufbrechen
und gemeinsam
das Leck suchen.
        Es ist eine Forschungsreise,
        die ein Leben
        dauern wird.

Zugeständnis

Ich glaube,
ich brauche
den Glauben,
den Brauch.

Doch ich brauche,
was ich glaube:
nur Gott –
und Dich auch.

Selbstporträt

Einem Christen
ist die Begeisterung
ausgegangen.

Eine Affäre –
und das war
wirklich schon alles.

Manche
konnten neu beginnen.

Bestandsaufnahme

Ein Kopf, der denken kann –
ein Herz, das lieben will –
zwei Beine, die nicht ganz so
können,
wie sie wollen.

Dazwischen
vielleicht
eine Art
Seele.

Wir

Die Schönheit des Morgens,
der sich erhebt auf den
bunt blinkenden Schwingen
des Rauhreifs;
und die Schönheit des Abends,
der die Ruhe verspricht
einer schlaftrunkenen Nacht.

Und die Größe des Menschen,
der ängstlich der Wahrheit
ins Auge sieht;
und die Größe des Tiers,
das um das Morgen
keine Sorge kennt.
Und die Freude des Kindes,
das die Kraft des Traumes

noch nicht verleugnet;
und die Freude des Mannes,
der den Traum aufs neue entdeckt
in den Augen einer Frau.

Wie hochgesegnet wir,
die wir nicht wissen,
wie umgehn
mit den Gaben all der Gnade.

Wie fluchbeladen wir,
die wir es gerade deshalb
verachten und zerstören.

Wie randgefüllt
aus jedem Kelch,
wie ausgedörrt
durch manche Qual,
wie tief gebeugt
durch selbstgewählte Pflicht,
wie aufgehoben
durch Gottes eigne Hand:
Wie einfach menschlich nur
am Ende
WIR!

Schöpfungsgeschichte

Im Anfang schuf Gott.
Im Anfang: Himmel.
Erde erst später,
als aus weißen Wölkchen
schwarze Schafe wurden.

Als Mann und Frau
erschuf Er sie
nach Seinem Bild.
Am siebten Tag ließ Er sie
auf Seine Schöpfung los.

Vielleicht war das
Sein größter Fehler.
Er kannte das Risiko.
Er starb.

Aber deshalb
ist Er noch lange
nicht tot!

Ein Funke Heiligkeit

Dunkelheit
im engen Raum
des Augen-Lichts.
Herz-Schmerz
ruft Schwester Einsamkeit
zu Hilfe,
um mir die Sicht
zu nehmen.
Und meine Lieder
bauen sich Nester
im Geäst der Weiden.

Ich grabe in Loch
in meiner Seele.
Am Boden des Brunnens:
ein Funke Heiligkeit.

An ihm entzünde ich
mich
und lasse mich von Gott
beschenken.
Er gibt mir
einen Augen-Blick
voll Leben und
voll Ewigkeit.

Ich will
aus meinem Brunnen steigen
und die Augen öffnen,
auf daß es Licht werde.
Ich habe
Hoffnung
gefunden.

Beginn einer Wanderschaft

Gekreuzigt
erniedrigt
verspottet,
um mir
die Freiheit
zu ermöglichen.

Ein Mensch.
Ein Gott?
Ein Freund!

Auf Leben und Tod
stehe ich auf
und wiege den Stein
in meiner Hand.
Dann erhebe ich ihn
und werfe ihn
in hohem Bogen
mitten ins Meer.

Ein Gott
war mein Lehrer.
Und ich bin
auf meinem Weg.

Herbstlandschaft

Grüne Wiesen,
blauer Himmel,
bunte Blätter –
von meiner Hütte auf dem Berg
sehe ich nur
den spiegelglatten See.

Ein Stein fällt ins Wasser.
Ich wende mich ab
und lege ein Gedicht
auf weißes Papier.

Ich werde das Blatt zerreißen –
auffressen werde ich es
und vielleicht daran
ersticken,
sodaß kein Mensch es jemals
zu Gesicht bekommt.

Denn wer nicht hören kann,
muß auch nicht fühlen.

Schwindelgefühl

Stehenbleiben
und in die Tiefen schauen,
weil ich Dichter bin.

Am Rande des Abgrunds
weitertaumeln,
weil ich Mensch bin.

Auf der andern Seite
die grüne Wiese sehen,
weil ich Christ bin.

Brücken bauen
vom Ich zum Du
als Ziegel Gottes
in der Ewigkeit:
    Wem sollte da
    vor Glück
    nicht leise schwindeln?

Des Schusters Weg

Ein Märchen

Vor langer Zeit lebte in einem kleinen Dorf ein Schuster. Er hieß Knotzbue und war bekannt für seine festen und schönen Reitstiefel.

Er hatte eine Frau und einen kleinen Sohn, und er war sehr, sehr glücklich. Doch eines Tages, als er spätabends von einem Kunden kam, dem er einige Paar von seinen wunderbaren Reitstiefeln verkauft hatte, geschah es, daß er sich im Wald verirrte und auf die verwilderte Seite des Flusses geriet. Als es nun zusehends dunkler wurde, und Knotzbue selbst zusehends nervöser, stand er plötzlich vor einer kleinen Höhle, darin ein Lagerfeuer brannte. Hinter dem Feuer aber saß ein Mann, gekleidet in das Fell eines Bären. Der redete zu Knotzbue und sprach: „Du suchst den Weg?"

„Ja", antwortete Knotzbue.

„Den Weg zum Dorf kann ich dir zeigen" – und der Einsiedler wies mit dem Finger in Richtung Nordnordwest –, „aber den anderen Weg mußt du selber suchen."

„Welchen anderen Weg?" fragte Knotzbue verstört.

„Ich meine den Weg zur Wahrheit", sprach der Alte, wandte seinen Blick wieder den Flammen zu und verstummte. Knotzbue gab sich zufrieden und kam auch tatsächlich bald zu Hause an, wo seine Frau schon voll Sorge auf ihn wartete. Aber in den nächsten Tagen wollte ihm nicht aus dem Sinn, was der Einsiedler zu ihm gesagt hatte. Er redete jedoch mit niemandem darüber, denn er erkannte, daß es genau das war, wonach er sich immer schon gesehnt hatte: die Wahrheit. Also packte er am dritten Tag sein Ränzlein, zog seine besten und schönsten Reitstiefel an, küßte zum Abschied seine Frau und seinen Sohn und machte sich auf den Weg, die Wahrheit zu suchen.

Schon bald kam er in eine große Stadt. Da sah er eine

Menge von Menschen, die sangen fröhliche Lieder und trugen Bilder und Zeichen wie Kreuze und Madonnen. Sie wurden geführt von einem, der ein buntgeflicktes Kleid trug und tanzte und sprang, während er lief.
„Entschuldigen Sie“, fragte ihn Knotzbue. „Kennen Sie vielleicht den Weg zur Wahrheit?“
„Aber ja“, sagte der Mann und lächelte übers ganze Gesicht. „Hier drinnen steht alles über die Wahrheit!“ Und er drückte Knotzbue einen Haufen Traktate in die Hand. Dann aber lief er tanzend und springend weiter.
„Entschuldigung!“ Knotzbue wollte ihn nicht einfach so gehen lassen und lief hinter ihm her. „Ich möchte gerne mit Ihnen reden – könnten Sie vielleicht ...“ Der mit dem bunten Kleid drehte sich noch einmal um, rief lächelnd: „Keine Zeit, leider – muß lobpreisen ...!“ und lief davon. Knotzbue bekam Mühe, aus dem Gedränge der seltsamen Prozession zu entkommen. Er blickte in die Gesichter der Leute und sah, daß ihr Lächeln gespielt war. Da wandte er sich traurig ab und ging weiter. Als er nun langsam und tief in Gedanken durch die Stadt wanderte, traf er den Bischof, einen sehr ernsten und sehr dicken Mann.
„Entschuldigen Sie“, fragte er ihn. „Kennen Sie vielleicht den Weg zur Wahrheit?“
„Mein Sohn“, sagte der Bischof. „Die Wahrheit liegt in den Worten, die seit Jahrhunderten feststehen. Halte dich darum an all die Gesetze, die die Heilige Mutter Kirche dir gibt in ihrer großen Weisheit durch den Heiligen Vater in Rom.“ Und der Bischof wandte sich ab und ging seines Wegs.
Da überkam den Schuster eine tiefe, tiefe Traurigkeit, und er verließ die Stadt mit hängenden Schultern, weil niemand ihm sagen wollte, was der Weg zur Wahrheit sei. Mitten im Wald fand er eine kleine Hütte, und da es schon dunkel wurde, beschloß er, um ein Lager für die Nacht zu bitten, und klopfte an die Tür. Wie erschrak er aber, als eine alte, häßliche Hexe ihm öffnete.

„Entschuldigung", begann er in seiner Not. „Wissen Sie vielleicht den Weg ...?"
„Komm einmal herein", sagte die Hexe, und als er zögerte: „Ich tu dir schon nichts!" Da blickte sich Knotzbue um, und da es wirklich schon sehr dunkel war, ging er in die Hütte der Hexe. „Etwas Suppe?" fragte sie. Knotzbue begann zu nicken, entschied sich aber anders, als er eine bepelzte Pfote im Suppentopf sah.
„Können Sie mir vielleicht sagen, wo ich hier die Wahrheit finde?" fragte er, während die Hexe mit lauten Geräuschen ihre Suppe schlürfte.
„Die Wahrheit suchst du, was?" Die Hexe winkte ab. „Haben schon viele vor dir versucht. Sind aber nicht zurückgekommen."
„Dann kennen Sie den Weg?"
„Aber natürlich kenn ich den. Was zahlst du mir?"
Knotzbue nahm seinen Geldbeutel vom Gürtel und warf ihr ein paar Münzen hin.
„Kleinlich", sagte die Hexe. Knotzbue legte noch etwas dazu. „Also gut. Die Wahrheit, sagst du? Da mußt du nach Norden."
„Ja?"
„Und nach Süden, und Westen, und Osten. Dann noch ein Stückchen himmelwärts. Dort ist sie nämlich. Die Wahrheit." – „Bettelweib!" schrie Knotzbue. „Na gut, du hast gewonnen. Du hast mich hereingelegt. Aber ich werde sie trotzdem finden!"
Und er verließ die Hütte und rannte hinaus in die Nacht. Er lief und lief, bis er stolperte und fiel. Da kam ein Irrlicht und blieb vor ihm stehen. Knotzbue nahm alle Kräfte zusammen und raffte sich auf. Das Irrlicht führte ihn quer durch den Wald in jener Nacht, bis es endlich über einer kleinen Lichtung stehenblieb. „Danke", sagte Knotzbue, und das Irrlicht verschwand. Der Schuster packte die Schaufel aus und begann zu graben. In seinen Augen war ein Leuchten, wie er es noch nie gehabt hatte, und er fühlte sich stark, denn er wußte: Er würde sie

finden. Und als es Morgen wurde, war es soweit, und Knotzbue hielt die Wahrheit in der Hand. Zuerst staunte er, wie schmutzig sie war. Dann packte er die Wahrheit in sein Ränzlein, und voller Seligkeit machte er sich auf den Weg nach Hause.

Nachdem er seine Frau begrüßt hatte, die schon voll Sorge auf ihn wartete, sperrte sich Knotzbue in sein Arbeitszimmer ein. Er öffnete die Schatzkiste, in der er all seine Prunkstücke aufbewahrte, und räumte sie aus, eins ums andere. Dann wusch er die Wahrheit, legte sie andächtig in die Kiste, verschloß sorgfältig den Deckel und setzte sich drauf. Und wenn er nicht gestorben ist, so sitzt er dort noch heute.

A hard day's night

Die beiden haben das Haus endlich erreicht.
„Geh mir aus den Augen!“ sagt er.
Sie zwinkert ihm zu. „Und wohin, wenn ich fragen darf?“
„Weiß ich doch nicht. Irgendwohin. Aber laß mich endlich mit deiner Liebe in Ruh.“
„Und sonst hast du keine Probleme?“
„Doch. Ich muß den Fernseher reparieren. Weil, wenn du weg bist, brauch ich Unterhaltung.“
„Soll ich dir noch ein Bier aus dem Kühlschrank holen, bevor ich mich in Luft auflöse?“ Bei allem Zynismus kann sie sich ein leises Lächeln nicht verkneifen.
„Wird gut sein. Und mach was zum Essen.“ Er holt die Werkzeugkiste aus der Ecke.
„Werd ich machen. Aber vorher möchte ich, daß du dich zu mir setzt – ja, genau so – und mir endlich sagst, was mit dir los ist. Auf dem ganzen Weg hast du nicht mit mir geredet. Warum schweigst du mich in letzter Zeit nur mehr an, bist ständig eingeschnappt?“
Er murrt.
„Also, jetzt red schon“, flüstert sie in sein Ohr und drückt ihm einen Kuß auf die Wange.
Und dann seufzt er, vergißt den Fernseher, das Bier und das Essen, und beginnt zu erzählen.

Bitter-Mandeln

Jugend

Auf bessere Zeiten gewartet,
Tage verträumt,
Pläne geschmiedet.

Nie den ersten Schritt getan
hin zur Erlösung –
nie wirklich
Taten gesetzt.

Von den Träumen erwacht,
die Pläne vergessen,
werde ich eines Tages
sehnsüchtig zurückblicken
auf die
schönste Zeit meines Lebens.

Zeitenwende

Des Winters Korn,
das eben noch
in voller Blüte stand,
steht nun verwelkt:
Die Pracht, verblichen,
bleibt nur in der Erinnerung
bestehen.

Trübe Trauertage
brechen auf
und legen ihren
schwefelgelben Dunst
auf ausgedörrte
Felder.

Und Einstein selbst
wird kalt
in seinem Sarg,
und König Luther hält
den Atem an
in neuem Geist.

Die Zeiten haben
sich gewendet.
Althergebrachtes
neu verpackt
in Wunder-Hunger-Halleluja
zuckerlrosa
Packpapier.

Da
dreht sich Einstein um
und Luther geht
gerade die Luft aus.

Von einem, der es nicht geschafft hat

Zerfressen
von unerbittlichen Bits,
in eine Matrix gepreßt
und als Datensatz abgelegt:

Jeden Abend
dasselbe Bild,
vor der Tastatur,
wenn Kommunikation
nur noch
über ein Modem
möglich ist.

In einer trüben Nacht,
die entflammt war
von digitalen Blitzen,
zerfloß die letzte Hoffnung,
auszubrechen
aus dieser
endlosen
Rekursion.

Und nicht von ihm ist die Rede,
und nicht einmal von dir;
sondern nur mehr
einzig und allein
von mir.

In der Mitte

Zwischen Verstand und Herz
meine eigne Welt,
fremde,
seltsame Welt.

Zwischen Herz und Verstand
ein bißchen Platz,
zuwenig,
um zu atmen,
zuviel,
um daran zu ersticken.

Irgendwann
wird die Entscheidung fällig –
irgendwann …

Gethsemane 1991

Auf dem Ölberg
mitten in der Wüste
wachsen Bomben
statt Oliven.
        Während die Jünger
        ihren Rausch ausschlafen,
        beschließt Judas
        das Geschäft seines Todes.
Womit er nicht gerechnet hat:
Wer Kanonen sät,
wird sicher keine
Mozartkugeln ernten.

Kirchengeschichte

Ein Mann
in der Wüste:
Sohn Gottes zieht aus.
Und weist uns
den Weg und
geht selber
voraus.

Zwölf Mann
in der Stadt:
Schon der erste
Streit.
Aber
noch die Erwartung
der Seligkeit.

Und dann
plötzlich
tausend,
Verfolgung und
Haß.
Und sie werden
noch mehr,
und sie sprengen
das Maß.

Und ein Amt
wird gegründet
und gefestigt
die Macht.
Das Andachtshaupt
senkt sich,
und es senkt
sich die Nacht.

Und Jahrhunderte
später
von Gott
keine Spur.
Ein Mann
in der Wüste:
ein Mann
eben nur.

Abgewöhnung

Kinder kriegen
für neue Kriege
im Morgen,
das gestern
schon heute war.

Menschen verjagen,
weil das Boot voll ist
und kein Mensch
der Menschlichkeit
das Ruder überläßt.

Neue Maschinen bauen
für neue Illusionen
im neuen Zeitalter
der Inquisition.

Es ist Zeit,
endlich
anzufangen,
aufzuhören.

Wir Mördermörder

Wir Mördermörder
sind blutleere Vampire
auf der Suche nach Opfern,
die sich noch
zu wehren wissen.

Der lüsterne Blick
ins Innere der Todeszelle
enthüllt frevelnd
die wahren Täter.

Wohlahnend verschließen
wir Mördermörder
das eigene Gewissen.

Die Zellentür
fällt krachend
ins Schloß.

Kein schöner Land

Kein schöner Land in dieser Zeit:
Garten Eden
mit Mauern drum herum,
weil wir Platz brauchen,
um vor uns selbst
davonzulaufen.

Kein schöner Land,
wir sollten es noch
überdachen,
damit uns
der Regen nicht stört,
die Sonne nicht blendet
und uns der Himmel
nicht einbricht
in unser Idyll.

Tu es Petrus

Kritik
bei Strafe untersagt,
die Hinrichtung erfolgt
postwendend.
Rücksichten nur
– bei Bedarf –
auf die eigene Macht.

Auf dich
will ich
meine Kirche bauen.

Hinterfragung
unmöglich,
das Lehramt weiß
wovon es spricht
kraft seiner Weihe –

Petrus aber
stand am Feuer
und wärmte sich.

Eine Frau
am Altar
hat zu heiraten
und dem Manne
untertan zu sein.

Bist du nicht auch
einer
von Seinen Jüngern?

Die Kirche ist einzig
und daher auch wahr,
denn Gott gehört
uns ganz allein.

Und gleich darauf
krähte ein Hahn.

Die letzte Frage

Wenn die letzte Frage beantwortet,
der letzte Zweifel beseitigt
und der letzte Traum geträumt ist,
wird Frieden ausbrechen
auf dem Schlachtfeld der Toten.

Dann wird
der letzte Mensch
seine blinden Augen
zum Himmel erheben,
den Allwissenden zu fragen
nach dem Grund.

Der Unterschied

Ich hörte,
es gab eine Zeit,
da marschierten Jugendliche
mit Blumen im Haar
gegen den Krieg.

Die Blumen sind verwelkt
und der Krieg
ist vorbei.

Heute
marschieren Jugendliche
gegen Asylantenheime.

Generationskonflikt

Die Jugend von heute
ist aufsässig und faul.
Sie will nicht mehr arbeiten,
weil sie ohnehin
schon alles hat.

Zu meiner Zeit
war alles anders.
Wir bauten
eine neue Welt
aus alten Trümmern.

Die Jugend von heute
hat keine Härte,
keine Energie
und keinen Sinn
fürs Vaterland.

Warum ich
in Frühpension
gegangen bin?
– Natürlich hätte ich noch
Jobs bekommen.
Jede Menge,
ohne Ende.

Wissen Sie,
junger Mann,
ich sag Ihnen jetzt was:
Ich wollte einfach
nicht mehr arbeiten.

Autorenschaft

Im Namen Gottes
Würdenträger weihen und
Waffen segnen.

Im Namen Gottes
ein Volk
unterdrücken und
vernichten.

Im Namen Gottes
dann
eine Spende,
ohne mit
der Wimper zu
zucken.

Und das Gewissen
schlägt Purzelbäume.

In meinem Namen
dich lieben
und gemeinsam mit dir
ein Danke sagen
im Namen Gottes.

Robin Hood

Ein erstohlener Musenkuß,
den überheblichen Blick
hoch erhoben
zu den fernen
Sternen.
Ein kleiner Dieb
an den Quellen der Phantasie:
Robin Hood
gibt seine Träume
an die Armen,
weil er ihre Blicke
nicht
ertragen kann.

Und die Armen
wenden sich ab
und suchen sich
einen Besseren.

Flohmarkt

Ein alter Tisch, Bücher darauf. Karl May, einst der Schatz eines Kindes – jetzt daheim nicht mehr gebraucht. Zehn Schilling das Stück, ein Hunderter die Sammlung – wenn das kein Angebot ist?
Ich gehe weiter: Elektrogeräte, Teekannen – dort eine alte Brille. Ich trete näher, das Ding fasziniert mich. Ein Glas ist bereits gesprungen, die Fassung leicht verbogen. Ich stelle mir einen Greis vor, der – eine Decke auf den Füßen, eine Tasse heißen Tees auf dem Tisch, vielleicht ein flackerndes Feuer im Holzofen – der versammelten Kinderschar aus einem in Leder gebundenen Folianten vorliest. Oder auch ... ein elegantes Fräulein, vielleicht in den Dreißigern, die stolz wäre auf ein teures Stück. Sie wartet auf einen Verehrer, der versprochen hat, sie an genau dieser Ecke abzuholen. Nervös schaut sie auf die Uhr ...
„Wollen Sie sie kaufen? Sehen Sie, wie schön die Fassung ...“ „Nein, nein, danke...“ Was soll's! Der Greis ist tot, die Kinder sind erwachsen geworden, und der Verehrer wird jetzt wahrscheinlich auch nicht mehr auftauchen. Also geh' ich weiter.
Eine Frau vor mir handelt mit einem Verkäufer um einen alten Mantel. Unwillkürlich sehe ich ein Bild vor mir, ein verregnetes, mit viel Kitsch und Tausenden von Schirmen, und irgendwo dazwischen, drängend und laufend, dieser Mantel. Er ist in Eile, sollte eigentlich schon längst daheim sein ...
Aber ist ja egal. Kunst ist heutzutage sowieso nicht mehr gefragt, und außerdem hat die Frau den Mantel jetzt gekauft. Was wohl der Vorbesitzer zu ihr sagen würde? – So ein Unsinn! Wie komme ich nur darauf? Dieser fremde Regenläufer, der seinen Mantel vielleicht überhaupt nur einmal getragen hat, ist wahrscheinlich gar nicht hier. Und außerdem: Was kümmert den jetzt noch sein

Mantel? Gerade, daß er ihn nicht weggeworfen hat. Immerhin: Er hat sich die Mühe gemacht, ihn zum Flohmarkt zu bringen. Mehr kann man doch wirklich nicht verlangen, oder?
Mir wird die Luft hier herinnen zu stickig. Langsam bewege ich mich in Richtung Ausgang. Neben dem Tisch mit den Elektrogeräten sitzt ein Mann in seinem Rollstuhl. Inmitten all der Leute sieht er irgendwie verloren aus. Wer wohl ihn loswerden wollte?

Der Fremde

Er klopft an die Tür,
doch wir spielen die Karten
der Zeit, die uns
Wunden schlägt.
    Schnee
    um unser Haus.
    Wir haben die Fenster
    verriegelt.
Er klopft an die Tür,
doch wir hören
nur unsere eigenen Schreie.
    Das Klopfen
    verhallt.
    Schritte im Schnee –
    dann
    ist Ruhe.

Toll-Kirschen

Schweigen

Ich will schweigen.

Ich sage also,
daß ich schweige,
damit das Schweigen
nicht zu laut werde
in mir.
Ich gebe dem Schweigen
einen Namen
und spreche es damit an.

Ich sage also:
Du bist das Schweigen
in mir.
Schon rede ich
mit meinem Schweigen,
und mein Schweigen
redet zurück.

Zu laut wird
mein Schweigen,
und ich bitte es
schweigend
um Ruhe.

Ich sage also
zu meinem Schweigen,
daß es schweigen soll,
weil ich schweigen will.

Klagelied eines verliebten Vampirs

Ich habe gebadet
in deinen Augen
und den Saft deiner
Nähe getrunken.
Mit tiefen Zügen habe ich
dein Gift
in mich eingesogen,
gierig nach dem
Wasser deines Lebens.
Ich habe dein Fleisch
aus seiner Schale gelöst
und die Kerne daraus
hinuntergewürgt.

Und jetzt
trag ich dich in mir
und werde dich nicht
mehr los.
Du badest nun
in meinen Venen
und strampelst umher
in meinem Gedärm.

Und es scheint,
als wäre das nun
das Ende vom Lied.
Und ich schließe die Augen
und übergebe mich
meinem Tod.
Und du,
meine Freundin,
kommst wohl
am besten
gleich mit.

Fürsten der Dunkelheit

Angst im Bauch,
Verwirrung im Kopf,
und dazwischen
eine Art
Vergnügen.

Jeder Spiegel ein
Irrenhaus
und nur wir beide
im Zimmer,
uns aneinander
festzuhalten.

Mißtrauisch blicken uns
die eigenen Abbilder
entgegen
aus schwarz umrandeten
Augen.

Ich erhebe die Hand
und strecke sie entgegen
der trügerischen Fläche.

Nichts geschieht.
Beinah
bin ich
enttäuscht.

Das Netz

Glitzernde Farben
auf hauchdünnen Fäden,
von jedem Windhauch bedroht …
Dem Tod geradewegs
ins Auge, denn es gilt:
Das Leben der Spinne
ist das Sterben der Fliege.

Kunst-voll-endetes Gitterwerk,
verlockender Anblick,
gefährliche Schönheit,
verhängnisvolle Affäre.
Einmal erlegen
der Faszination
des übergroßen Glanzes –
dann hilft kein Strampeln mehr.
Mit wachsamen Augen
folgt die Hüterin des Schatzes
deinem ausweglosen Tun.

Langsam
kommt sie näher.

Heim

Heim zum Vater:
Der Weg ist lang
und steinig.
    Der verlorene Sohn
    hat sein Ziel gefunden.
Ich
bin noch bei den
Saufgelagen.

Feigen-Blätter

Die Zeiten haben sich geändert:
Des Lebens Flügelschlag geriet zum Grauen Star,
und Julias Balkon ist ausgebombt.
Die Kinder unsrer Eltern spritzen Heroin,
Der Zeitgeist merkt nicht, wie er zu sich selbst
verkommt.

Des Engels Garten wartet vor dem Tor –
Das Tor bleibt zu; der Engel geht
Und baut sich eine Burg aus Sand.
Aus Menschengeist wird jeder Traum verbannt;
Ein Mord geschieht; ein Mann gesteht
Und weiß nicht was, und hat doch Angst davor.

Die Zeiten haben sich geändert:
Das Flaggschiff Esperanza läuft auf Grund,
Und auf der unbefleckten Wand klebt Fliegenschiß.
Eva gibt der Schlange ihren Fuß zum Biß
Und Adam nimmt sich Feigenblätter vor den Mund.

Liebe Freunde!

Ich habe Lisbeth wiedergesehen. Unten am Ufer, wo ich oft saß und über die Zukunft nachdachte, die ich nicht hatte, stand sie plötzlich vor mir. Fröhlichkeit lag auf ihren ausdrucksstarken Zügen. Aus tiefen, unwiderstehlich dunklen, großen Augen sah sie mich befremdet und doch beinahe sanft an. Schminke trug sie keine – jeder künstliche Versuch, ihre natürliche Anmut zu vergrößern, hätte diese höchstens daran hindern können, sich völlig zu entfalten. Die dunklen, leicht gewellten Haare gaben einen würdigen Rahmen für dieses hinreißende Gesicht, während das lange, weiße Kleid zärtlich ihren schlanken Körper umhüllte.
Ich schlug die Augen nieder. Es war falsch, hier zu sitzen in der dumpfen Hoffnung, sie eines Tages zu treffen; es war genauso falsch, sie anzusehen mit diesem scheußlichen Blick, der nur ihr Äußeres festhielt. Sie aber ging weiter, als hätte sie mich gar nicht bemerkt. Und doch war mir fast so, als werfe sie mir, während sie sich entfernte, leichthin einen Blick zu. Ob sie auch lächelte, wagte ich mich nicht einmal zu fragen.
Erst als sie schon weit weg war, stand ich auf und machte mich auf den Heimweg. Mitten im Wald, als ich sicher war, daß niemand mich sehen konnte, schrie ich vor Freude laut auf und umarmte den nächsten Baum. Umso schlimmer war es, zu Hause anzukommen. Das leise „Hallo“ der Mutter, die mich umarmte und sofort spürte, daß etwas mit mir nicht in Ordnung war, drängte mich zu schweigen. Sie gab mir Suppe in meinen Teller und blickte mich aufmerksam an.
„Wenn es eines von diesen Mädchen ist, kannst du es genausogut bleiben lassen“, sagte sie schließlich. „Mutter“, begann ich, „ich habe doch gar nichts …“ Sie sah mir starr in die Augen. „Du wirst auch in Zukunft nichts tun.“

Ich stöhnte laut auf. Als ob ich irgend etwas tun hätte können!

„Sie sind anders, verstehst du? Ihnen fehlt das Innere. Sie haben nur Geld, Geld und Macht. Sonst nichts. Aber das reicht, um dich aus der Schule werfen zu können."

„Ja, Mutter."

„Und du weißt genau, daß sie es tun würden, wenn sie dahinterkämen, daß du einer von ihren Töchtern nachsteigst." – „Mutter, um Gottes willen, ich steig ihr doch nicht nach!"

„Das ist es ja eben. Du merkst ja gar nicht, wie sehr du dich in Gefahr bringst."

„Mir wird schon nichts passieren!"

„Das hat David auch gesagt, erinnerst du dich? Und wo ist er jetzt?"

Ich ließ den Löffel zurück in den Teller fallen. Mir war der Appetit vergangen. „Im Gefängnis", hörte ich mich sagen.

„Ja, im Gefängnis!" rief sie, während ich aufstand und zur Tür ging. „Sie kennen das Wort Gnade nicht. Sieh sie dir nur an, ganz genau. Da ist kein Leben! Sie sind vollkommen tot, auch wenn sie herumspazieren und herumkommandieren und ehrlichen Leuten das Leben schwermachen. Das ist das einzige, was sie können. Aber sie haben das Ansehen und das alles. Es ist gefährlich, sich ihnen zu nähern. Deshalb versprich mir …"

„Ja, Mutter, ich verspreche es dir. Ich werde mich ihr nicht nähern, okay."

Sie umarmte mich und gab mir einen Kuß. „Danke, mein Kind. Ich weiß ja, daß es dir weh tut. Und du weißt, daß ich mir Sorgen um dich mache. Du solltest auch mehr essen, weißt du …"

Ich nickte und ging schlafen. Im Traum sah ich mich in einer wüsten, einsamen Gegend; ich stand auf dem einzigen Weg, der vom Horizont bis zu einem eindrucksvollen Schloß führte, das beinahe am anderen Ende der Ebene stand. Während ich noch unentschlossen umher-

sah und mich fragte, in welche Richtung ich gehen sollte, erwachte ich. Ich war wieder einmal spät dran. Prompt erwischte mich der Schulwart und machte Eintragungen in seinem großen Buch.
Und dann in die Klasse mit Schweiß im Gesicht und außer Atem, und diese fetten, grinsenden Gesichter noch einmal sehen. Und einmal mehr mit ihnen auskommen, sechs Stunden lang, so recht und schlecht eben. Sobald ich Zeit zum Denken hatte, schwebte mir das Bild meiner Prinzessin vor Augen. Ich wußte, daß es unmöglich war, ihr jemals näher zu sein als auf die Weite eines Blicks, und ahnte ängstlich, daß ich es dennoch versuchen würde.
Die Glocke läutete, und ich war frei. Ich hastete die Straße entlang, heraus aus der Stadt, bog ab in den Wald und stand nach wenigen Minuten am Ufer des Sees. Ich darf doch nicht!, hämmerte es in mir. Suchend blickte ich mich um. Dort die Felsen, halb von Büschen bedeckt, durch die ein dunkler Fleck schimmerte. Ich kletterte, rutschte ab, fand schließlich doch meinen Weg und betrat eine Höhle, gerade hoch genug, um mich hineinzuzwängen und darin zu hocken. Ich machte einen Schrei in Richtung der endlosen Dunkelheit und horchte auf das Echo. Dann begann ich meine Wache.
Ich wartete wohl etwa eine Stunde, als Lisbeth tatsächlich kam. Sie war nicht allein; ein junger Mann war bei ihr, der ihr auf galante Weise dieses und jenes erzählte, worauf sie jedesmal in ein heftiges – und doch so feines Lachen ausbrach, sich jedoch nach Sekunden wieder beruhigte. Die beiden kamen heran, erreichten den Punkt der nächsten Nähe. Das Beklemmende der Situation wurde mir bewußt, da sie mir nun die Rücken zuwenden und mich wieder verlassen würden. Plötzlich sah ich etwas in der Hand des Mannes blitzen, und kurz darauf rannte er davon. Lisbeth blieb. Kurz hielt sie sich noch auf den Beinen, während das Blut ihr Kleid besudelte. Dann klappte sie gleichsam in sich selbst zusam-

men und lag schließlich im Staub, mit verrenkten Gliedern, die Augen aufgerissen, den Mund voller ungläubigem Entsetzen.

Am Anfang war ich starr vor Schreck. Dann, als ich zu begreifen begann, was dort unten vor sich gegangen war, stürzte ich aus meinem Versteck. Ich rutschte auf den glatten Felsen ab, Dornen schlugen mir ins Gesicht, aber das alles war egal – nur Lisbeth war wichtig, die dort lag und mich aus ihren großen Augen nicht mehr ansah, Lisbeth – ich erreichte die Stelle. Der Mörder war längst fort. Stumme Tränen und ein Herz von Edelstein – es schien mir, als sei meine Trauer unwürdig, ein eiskalter Tropfen in einer endlosen Wüste.

Als die Tränen trockneten, schloß ich ihr die Augen und ging. Auf dem gesamten Heimweg wandte ich mich nicht ein einziges Mal um. Trotzdem lief in meinem Kopf die gleiche Szene immer wieder ab: das Aufblitzen des Messers, Lisbeths lautloser Schrei, als der Stich ihr jäh den Atem nahm. Und wieder zückte der Mörder die Waffe, und wieder stürzte sein Opfer, und wieder, und wieder … Als ich vor der Wohnungstür stand, faßte ich mich endlich. Niemand durfte davon erfahren, meine Mutter am allerwenigsten. Ich nahm den Schlüssel in beide Hände, um das Zittern etwas abzuschwächen. Dann aufsperren mit einem Ruck, die Wohnung betreten und freundlich sein. „Hallo, Mutter!" – „Ja, danke, mir geht's gut. Ob ich sie wiedergesehen habe? Aber Mutter, ich hab dir doch versprochen …" – „Nein, danke, Mutter, ich hab heute einfach keinen Hunger. Ich geh lieber gleich schlafen."

Eine Erlösung schon, die Türe hinter sich schließen zu können! Die Vorhänge zuzumachen und die Dunkelheit zu spüren. Mit zitternden Händen riß ich mir die verschwitzten Kleider vom Leib. In meinem halben Wahnsinn erhoffte ich mir Säuberung vom Wasser der Dusche. Natürlich half es nichts. Erschöpft fiel ich auf mein Bett und schlief tatsächlich bald ein.

Ich befand mich wieder auf dieser ausgedörrten Ebene, nur war ich schon näher an das Schloß herangekommen; kaum, daß ich die hohen Mauern und die bunten Fahnen bewundert hatte, als ich auch schon am Tor stand und klopfte. Ein widersinniges Unterfangen, dachte ich gleich. Das Tor war mindestens drei Meter hoch und sicher dementsprechend dick – das Pochen meines Fingerknöchels konnte kaum durch das massive Holz gedrungen sein. Trotzdem wurde das Tor schließlich geöffnet. Zwei Wachen standen da, in voller Rüstung, die Lanze auf meine Brust gerichtet.
„Parole!“ brüllte der eine. „…ole“, sagte der andere.
„Es gibt keine Parole“, antwortete ich und wunderte mich, daß ich mir so sicher war. „Passieren!“ schrie der eine, „…ieren!“ der andere, und sie traten zur Seite. Ich ging an ihnen vorbei und fand mich in einer riesigen, dunklen Halle wieder.
„Wo bin ich hier?“ fragte ich, aber die Wachen waren verschwunden. Am geschlossenen Tor hing ein Schild mit der nichtssagenden und doch so beunruhigenden Aufschrift „Ihr, die ihr hier eintretet …“
Ich stolperte durch die Dämmerung. Dort hinten ein kleines Licht, vielleicht ein Ausgang zu helleren Räumen. Also vorwärts! Als ich näher kam, hörte ich ein Hämmern und Sägen, ein Poltern und eine Betonmischmaschine an der Arbeit. Ich trat ein und blickte auf zu ein paar Handwerkern, die auf Gerüsten standen und eine Mauer errichteten.
„Was macht ihr da?“ fragte ich. „Findet nicht heute das Fest statt?“
„Das Fest?“ Einer der Handwerker legte die Kelle zur Seite und sah mich zweifelnd an. „Du kommst doch nicht zum Fest, oder?“
„Aber natürlich. Was macht ihr da?“
„Wir bauen einen Turm.“
„Aber hat das Schloß denn nicht schon genug Türme?“
„Er wird höher als sie alle.“

„Und wozu baut ihr diesen Turm?"
„Ich sage ja, du kommst nicht wirklich zum Fest."
„Was hat das jetzt wieder damit zu tun?"
„Weil du sonst wüßtest, daß es der Höhepunkt des Festes ist."
Ich fühlte, wie ich rot anlief. „Himmelherrgottjesusmariaundjosef, was denn eigentlich?"
„Der König wird die Prinzessin in den Turm sperren."
Mein Gott! Die Prinzessin – ihretwegen war ich doch gekommen! Ohne zu grüßen, machte ich mich wieder auf und erwachte schweißgebadet.
Wir hatten ein schweigsames Frühstück. Ich sah meiner Mutter kaum in die Augen, und ich glaube, wir fühlten beide das Feuer des Abschieds in uns brennen. Bevor ich ging, schloß sie mich in die Arme. Sie hatte Tränen in den Augen.
In den ersten beiden Schulstunden schien es, als sei alles in Ordnung. Ein grausig verschimmeltes Stück Brot in meinem Bankfach nahm ich mit einem Achselzucken zur Kenntnis. Sie wußten ja nicht einmal, was es bedeutete, genug zu essen zu haben! Nach der Pause kam der Direktor in die Klasse, begleitet von einem Herrn mit dunklem Gesicht und Schnurrbart. Ordnungsgemäß standen wir auf.
„Setzt euch!" sagte der Direktor. „Gestern wurde eine Schülerin dieser Schule am Seeufer gefunden ... äh ..."
Der mit dem Schnurrbart half ihm weiter. „Sie hieß Lisbeth Heilinger. Sie wurde ermordet." Ein Raunen ging durch die Klasse. „Mein Name ist Meirath. Ich bin Inspektor der Kriminalpolizei. Ist einem von euch etwas aufgefallen, was vielleicht damit in Zusammenhang stehen könnte?" Er wartete. „Also nichts?"
Plötzlich schoß eine Hand in der letzten Reihe hoch.
„Herr Inspektor!" – „Ja?"
„Mir ist schon etwas aufgefallen." Er streckte den Arm aus und zeigte auf mich. „Der dort. Der war gestern im Wald."

Der Inspektor lächelte kurz. „Und weiter – ich meine, das sagt noch nicht sehr viel aus, oder?"
„Das stimmt schon. Sie sollten aber auch wissen, daß er die Lisbeth schon seit einiger Zeit – äh – nicht in Ruhe läßt."
Der Inspektor kam auf mich zu. Er stellte sich direkt vor mich hin. Er hatte schlechten Atem.
„Stimmt das?" fragte er.
Ich schloß die Augen. Das Blut schoß mir ins Gesicht. Das war es dann also. „Ich gehe oft im Wald spazieren."
Seine Stimme wurde übertrieben ruhig, als er sich zu mir herabbeugte. „Und hast du gestern Lisbeth Heilinger im Wald gesehen?"
Ich wandte mich zur Seite und antwortete nicht. Der wußte ohnehin schon alles – oder glaubte es wenigstens zu wissen.
Einige Sekunden lang geschah überhaupt nichts. Dann schrie der Inspektor plötzlich: „Mitkommen!", und ich stand auf und ging hinter ihm her. Er führte mich aus der Schule und stieß mich in einen wartenden Polizeiwagen.
„Du hast sie umgebracht, oder?" fragte er mich während der Fahrt. Da überkamen mich die Tränen und ihn scheinbar eine Art väterlicher Instinkt, denn er wartete, bis wir in der Wachstube waren, ehe er mich noch einmal fragte.
„Sie werden mir nicht glauben", sagte ich.
„Wenn du nicht gestehst – nein", antwortete er.
„Gut." Ich erzählte ihm meine Geschichte, von Anfang an.
„Eines muß man dir lassen", sagte er, als ich geendet hatte. „Du bist gut im Erzählen." Ich erwartete, daß er nachfragen würde, um mich in Widersprüche zu verwickeln, aber zu meinem Erstaunen rief er seine Untergebenen herbei.
„Bringt ihn in eine Einzelzelle", befahl er ihnen. Bevor wir das Zimmer verlassen hatten, wandte er sich noch einmal an mich: „Wir haben Fingerabdrücke gefunden.

Wenn es nicht deine sind, hast du Glück gehabt. Ansonsten wirst du mir einiges erklären müssen."
Ein paar Minuten später saß ich auf einem Metallgerüst mit einer stinkenden Matratze und einer von Mäusen zerfressenen Wolldecke. Ich war allein mit meiner Verzweiflung, ich hätte schreien können und brachte keinen Laut hervor. Wenn ich ihr nur nicht die Augen zugedrückt hätte! Wenn ich nur nicht im Wald gewesen wäre! Wenn ... Aber alles das half mir jetzt kaum. In meinem engen Loch ging ich auf und ab. Eins, zwei, drei, vier, umdrehen, eins, zwei ... Das Warten war furchtbar. Irgendwann würden sie mich wieder holen, und der Inspektor mit seinem fauligen Atem würde mich zur Rechenschaft ziehen für eine Tat, die ich nicht begangen hatte.
Stunden vergingen, und nichts geschah. Die Spannung ermüdete mich. Vor dem vergitterten Fenster wurde es dunkel. Ich setzte mich wieder auf die Pritsche. Eine Art Gleichgültigkeit breitete sich in mir aus. Ich legte mich hin und schloß die Augen. Meine Gedanken verwirrten sich, all die Erlebnisse der letzten Tage tauchten wieder auf. Irgendwann schlief ich ein.
Ein ohrenbetäubender Knall ließ mich aus meinem Schlaf hochfahren. Ich versuchte mich zu orientieren. Das erste, das ich sah, war Finsternis. Das zweite war ein rechteckiges, sauber gegrabenes Loch im Zellenboden. Als meine Augen sich an die Dunkelheit gewöhnt hatten, sah ich, daß es mehr war als nur ein Loch. Eine Treppe führte in die Tiefe. Obwohl ich in einem mehr als verwirrten Zustand war, erkannte ich doch, daß dies meine Hoffnung sein konnte. Also stieg ich hinab in die Finsternis – oder besser, ich stürzte von Stufe zu Stufe ins Ungewisse, das mehr Unsicherheit barg, je weiter ich vordrang. Bald sah ich nicht mehr die Hand vor den Augen, die ich schließlich fest schloß aus Angst, etwas könnte aus der Dunkelheit kommen und mich packen. Von Zeit zu Zeit glaubte ich, ich hätte nun den Abgrund

erreicht, und es gäbe nichts, was meinen Sturz auffangen könnte. Aber dann waren da doch immer neue, harte Stufen, die mich weiterführten.
Ich weiß nicht, wie lange ich auf diese Weise voranstolperte, bis ich plötzlich flach auf der Nase lag. Ich rappelte mich auf. Die schier endlose Stiege war zu Ende; ich tastete nach rechts und fand eine feste Wand. Links dasselbe. Ich mußte mich wohl in einem Korridor befinden. Und dort vorne schimmerte so etwas wie Licht aus einem Saal. Als ich näherkam, hörte ich das Dröhnen verschiedener Maschinen. Menschen riefen einander unverständliche Dinge zu. Menschen! Ich lief den Gang entlang und gelangte in eine riesige Höhle, die schwach von Gaslichtern an den Wänden erhellt wurde. Links von mir war ein großer Schacht, in den eine Unzahl von Arbeitern mit riesigen Spaten Kohlen warfen, die in einem großen Haufen in der Mitte der Höhle lagen. Ein Schienenstrang führte von diesem Haufen geradewegs in die Mündung eines Ganges an der gegenüberliegenden Seite des Raumes. Während ich noch mit offenem Mund dastand und die Szene bestaunte, hörte ich das Schnaufen und Pfeifen eines Zuges.
„Neue Ladung kommt!" schrie jemand. In dem entstehenden Trubel versuchte ich den Rufer ausfindig zu machen. Nach einiger Zeit erkannte ich ihn. Er hatte eine rote Kappe auf, im Gegensatz zu seinen Kollegen, und sah auch sonst viel erfahrener aus.
„Was tun Sie denn da?" fragte ich ihn. Da er nicht antwortete, zupfte ich an seinem Arbeitsgewand. „He, Sie!" Er sah mich kurz an, drehte sich jedoch sofort wieder um und gab seine Anweisungen. „Ich habe Sie was gefragt! Können Sie mir nicht sagen, was hier eigentlich vor sich geht?"
Wieder erhielt ich einen von seinen kurzen Blicken. „Wir geben der Erde wieder, was ihr genommen wurde." Damit ließ er mich stehen. Der Zug war inzwischen angekommen; einige der Arbeiter hatten den einzigen

Waggon bestiegen und schaufelten die Kohlen auf den immensen Haufen. Ich bemitleidete sie. Dann lief ich die Schienen entlang. Wieder einmal umgab mich absolute Dunkelheit. Ich wußte nur, daß der Stollen, in dem ich lief, viel zu eng war. Wäre jetzt ein Zug gekommen – nun, ausweichen hätte ich sicher nicht können.
Natürlich erreichte ich schließlich eine neue Halle in diesem seltsamen Höhlensystem. Ich glaubte es nicht; nein, es war wirklich ... Es war absurd! Schweißperlen kullerten über meine Stirn. Ich war in ein Bergwerk geraten. Genau vor mir stand eine Lokomotive, an die ein einzelner Waggon gehängt war. Dasselbe Bild, das ich gerade eben vor mir gehabt hatte! Und auch hier war eine Menge von Arbeitern beschäftigt – nur, daß sie die Kohlen nicht vom Waggon herunter-, sondern auf ihn hinaufschaufelten. Der Zug würde dann durch den Stollen fahren, um auf der anderen Seite ... Diesmal fragte ich lieber niemanden. Ich suchte und fand einen Ausgang und stand vor einer Wendeltreppe, die sich steil in die Höhe wand. „Na dann“, dachte ich und begann zu steigen.
Bald begannen meine Füße zu schmerzen, und ich bekam einen Drehwurm. Aber schließlich erreichte ich doch den Ausgang: ein riesiges Holztor, mit allerlei Szenen aus dem Ritterleben verziert. Dahinter Geschiebe und Gestupse, Singen und Lachen, Musik und Schritte eines Tanzes, der von harten Stiefeln in den Boden gestampft wurde. Ich öffnete sachte das Tor. Der Saal dahinter war weit und hell. Meine Augen schmerzten nach all der Dunkelheit. Gestalten in großen Rüstungen hielten kleine, schmächtige Hofdamen an den Händen, schleuderten sie durch die Gegend zum Rhythmus einer schäbigen Rock-'n'-Roll-Band, die aus einem Sänger, einem blinden Schlagzeuger, einigen Flötisten, einem Harfenspieler und einem Tubabläser bestand. Da trat eine der geharnischten Gestalten an den Sänger heran, der sofort das Spiel unterbrach. Dies führte dazu, daß

einige der Damen, plötzlich losgelassen von ihren strammstehenden Partnern, kreischend auf dem Bretterboden landeten.
„Kapellmeister, Tusch!“ sagte der riesenhafte Kerl unter seinem Visier. Sofort erklang eine Kakophonie unter Verwendung aller Instrumente (inklusive Stimme), die in einem überlauten „Ööökh!“ der Tuba endete. „Begrüßen wir doch“, sagte der Ritter, „unseren lieben Freund, der gerade gekommen ist.“ Da erst begriff ich, daß ich gemeint war. Die strammstehenden Herren wandten sich allesamt mir zu. Ein unheimliches Klappern entstand, als Hunderte Visiere gleichzeitig geschlossen wurden.
Dann, auf „eins–zwei–drei“ des Kommandierenden, zogen sie die Schwerter. In meinem Gesicht wechselten Rot, Weiß und Grün einander in rascher Folge ab.
Und dann sah ich das offene Fenster an der gegenüberliegenden Wand. Ich erkannte meinen Vorteil darin, daß ich den meisten der gewaltigen Männergestalten nur bis zum Bauchnabel reichte. Mit einem geradezu unmenschlichen Schrei rannte ich los, mitten in die erstaunte Menge hinein. „Sauerei!“ hörte ich hinter mir jemanden rufen. „Warum kämpft er nicht ordentlich?“ „Kommt! Wir kriegen ihn!“ – Aber ich hatte das Fenster schon erklommen.
Ein merkwürdiges Schauspiel begann. Diejenigen, die mir am nächsten standen, sprangen immer wieder hoch, um meine Füße zu ergreifen. Da jedoch alle anderen nachdrängten, hatten sie bald keinen Raum mehr, um zum Sprung anzusetzen.
Überhaupt ging es ihnen nach kurzer Zeit schlecht. Erstickte Schreie, Kehllaute aus den untersten Tiefen dieser ritterlichen Existenzen waren das letzte, das ich von ihnen hörte. Unwillkürlich lächelte ich, hörte jedoch sofort damit auf, als ich mich auf meinem schmalen Mauervorsprung umwandte. Unter mir waren zehn Meter nichts als gar nichts, und selbst dann folgten nur

Kalkstein und ein paar Trotzdem-Bäume. Dicht an der Mauer schob ich mich langsam nach rechts, während ich aus dem Rittersaal die schwächer werdenden Zuckungen der sterbenden Ritter mit Grausen vernahm.
Ich schlich an zwei oder drei geschlossenen Fenstern vorbei, bis ich an eines kam, das halb geöffnet war. Von drinnen hörte ich Frauenstimmen.
„Habt ihr gesehen, wie die Königin heute gefuttert hat? Die wird eines Tages an Herzverfettung sterben, sag ich euch!"
„Ja, meine Liebe, da könntest du recht haben. Kommt aber alles nur davon, weil sie das Joggen aufgegeben hat."
„Dabei war sie doch früher geradezu sportlich!" Ich riskierte einen scheuen Blick. Oje – die Kammer der Zofen! Und sie waren gerade dabei, sich zu entkleiden! Beim zweiten Blick erschrak ich aber noch viel mehr: An der anderen Seite des Zimmers lugte ein Gesicht durch den Türspalt herein, in dem ich sofort den König erkannte! Am liebsten hätte ich mich verneigt, aber andererseits war der Mauervorsprung, auf dem ich stand, nicht sonderlich breit.
Je weiter die Zofen sich entblößten, desto größer wurden die Augen des Königs. Schließlich ließ er auch noch die Zunge sehen – wirklich, es war abscheulich! Da, plötzlich sah er mich. Ich wagte nicht, mich zu bewegen. Seine Hand fuhr an den Mund und bedeutete mir, ich solle ja schweigen! Ich antwortete mit derselben Geste, und er war sichtlich erleichtert.
„Was für eine Zeremonie!" sagte gerade eine der Zofen, eine große Schwarze mit ausgeprägten Lachfalten. „Als der König die Prinzessin in den Turm sperrte, wäre ich fast in Ohnmacht gefallen vor Aufregung!"
Die Prinzessin! Jetzt hatte ich sie schon wieder vergessen – und dabei war ich doch nur ihretwegen gekommen! Hastig überlegte ich, was zu tun sei. Den Turm zu finden, konnte ja nicht so schwer sein …

Links von mir wurden Geräusche laut. Ich drehte den Kopf und sah einen Ritter aus dem Fenster klettern, aus dem ich selbst vorhin gestiegen war. Also keine Zeit mehr für Überlegungen. Ich kletterte in die Zofenkammer und verließ sie auf der anderen Seite, ohne mich um das Kreischen der Frauen und den kleinen Schreckensschrei des Königs zu kümmern. Den Gang entlang, links, die Treppe hinunter – es schien, als hätte ich mit einem Mal einen Plan des Schlosses im Kopf.

Bald schon stand ich vor dem Turm. Natürlich war die Tür verschlossen; aber was machte das schon? Ich fand ein Schwert am Boden und benutzte es. Wieder eine Wendeltreppe. Schön langsam wurde das langweilig! Eine weitere Tür war zu öffnen, ein weiteres Schloß zu knacken. Ich ließ das Schwert schwungvoll fallen und betrat die kleine Kammer. Ein Mädchen – die Prinzessin – saß da an einer Harfe und weinte. Als ich nähertrat, blickte sie auf. Ihr aufgedunsenes Gesicht, das von ein paar aschfarbenen, rot gefärbten Haaren umgeben war, wurde mit dem fetten Körper durch ein einziges übermäßiges Doppelkinn verbunden.

Dafür also hatte ich den weiten Weg auf mich genommen, die Gefahren und Schikanen? Und jetzt erhob sie sich auch noch und wollte mir in die Arme fallen! Ich ergriff die Flucht.

Die Eingangshalle war leer. Kein Laut war zu hören, keine Farbe zu sehen. Ich rüttelte an dem Tor, an dem noch immer das Schild hing mit seiner dämlichen Aufschrift – natürlich war es verschlossen. Es bewegte sich keinen Millimeter. Und das Schwert hatte ich bei der Prinzessin gelassen. Ich versuchte, eines der Fenster zu erklettern, aber sie waren alle zu hoch. Verzweifelt rannte ich in dem Raum auf und ab.

Da entdeckte ich einen Schatten in einem der vielen Winkel. Ich ging darauf zu: Er bewegte sich.

„Ist da wer?" – Keine Antwort. Ich näherte mich dem Wesen. Am Boden ruckte ein Fuß. Kein Zweifel: ein

Mensch – oder zumindest so etwas Ähnliches. „He, Sie!“ Ich blieb stehen. Mit einem Ruck kam es aus seiner Ecke hervor: „Ich habe den Schlüssel“, sagte eine Stimme. Ich lachte: Ja, es war die Dunkelste der Zofen, die große Schwarze.
„Dann – wären Sie vielleicht so freundlich, mich hinauszulassen?“
„Aber natürlich. Kein Problem.“ Mit einem Lächeln ging sie zur Tür und sperrte auf. „Viel Glück noch auf Ihren weiten Reisen.“
„Reisen? Wieso?“ Aber das Tor fiel bereits ins Schloß. Ich trat aus dem Schatten und stand vor der Tür meines Schlafzimmers. „Mutter?“ – Sie antwortete nicht. Wahrscheinlich schlief sie schon. Nun, es war ja auch schon spät in der Nacht. Ich stieß die Tür auf und erschrak. Da saß Lisbeth, die wunderschöne Lisbeth, und sah mich an.
„Hallo“, sagte sie. „Ich habe auf dich gewartet.“
„Du – lebst?“
„Aber natürlich. Was dachtest du denn? Und die Prinzessin?“ Ich mußte überlegen. „Sie ist tot, denke ich.“
„Umso besser“, sagte Lisbeth und stand auf. „Hast du wichtige Sachen, die du mitnehmen willst?“
„Mitnehmen?“ Ich blickte nicht ganz durch.
„Ja, mitnehmen. Schließlich müssen wir schnell weg. Die Polizei sucht doch überall nach dir.“
„Sie suchen mich?“
„Wegen Mordes.“
„Aber wen soll ich denn ermordet haben?“
„Mich natürlich. Also, was nimmst du mit?“
„Nichts. Gar nichts.“

Liebe Freunde, den Rest der Geschichte kennt Ihr. Wir sind Euch zu Dank verpflichtet, denn Ihr habt uns geholfen, über die Grenze zu kommen, ohne lange nach Erklärungen zu fragen. Ihr wußtet, daß wir sie Euch nicht geben konnten, oder?
Ich weiß, Ihr werdet jetzt glauben, ich hätte die ganze

Sache erfunden, um Euch Spaß zu machen – oder um Euch zu ärgern – aber sie ist so wahr wie Lisbeths Schönheit, die ich morgens bewundere, wenn ich in ihren Armen erwache.
Wo wir uns jetzt befinden, kann ich Euch leider nicht sagen – es wäre zu gefährlich – aber ich darf Euch verraten, daß wir ein glückliches, schweres Leben führen. Ich bitte Euch nur, daß Ihr Euch um meine Mutter kümmert. Ihretwegen tut es besonders weh, daß ich meine Heimat verlassen mußte. Sagt ihr, daß ich sie liebe. Und sagt ihr auch, daß Lisbeth ein Kind erwartet. Wenn es ein Bub ist, werden wir ihn David nennen.
Ich umarme Euch alle ganz fest! Ich grüße Euch in der Liebe Gottes und in der nie ganz verlöschenden Hoffnung, Euch eines Tages wiederzusehen –

Euer Johannes

Das Stundenglas

Ich bin
ein Schneckenpferd
am Sandstrand der Zeit.
Zähneknirschend
fliegt Galopp
um meine Hufe.
Sand rinnt durch
meine Finger,
während sich ein Tag
an den andern reiht.

Und inmitten der Sekunden
wartet die Ewigkeit
auf mich.
Ich hoffe nur,
Gott wußte,
was er tat,
als er ausgerechnet
mich
beim Namen rief.

Das Wagnis

Zwölf Apostel
und ich
im vollen Boot
ist einer zuviel
im Kuckucksnest.

Wenn es mir gelingt,
auszusteigen,
werde ich sehen,
ob das Wasser
mich trägt.

Motto

Schweigen will ich,
und ich will mich
ganz dem Glanz
des Augenblicks ergeben.
Schweben will ich,
beben, weben,
nicht darauf und nicht daneben
will ich kleben,
ich will streben,
ich will leben!

In principio erat verbum

Ein Wort
des Allmächtigen,
Stimme aus den Flammen,
verbotenes Liebesspiel
unverheirateter
Buchstaben.

Die Liebe Gottes
auf den Punkt gebracht,
der zu springen beginnt
und das Weltall erobert.
Das Atmen
des Universums,
Widerhall
allen Daseins,
Merkmal des Lebens:
In einem
Wort.

Grautöne

Achtzig Jahre
– oder so –
Schwarz auf Weiß
oder besser
Grau in Grau …
herz-loses Totsein,
ohne doch
das Atmen
lassen zu können.

Aber jenseits der Grenze
ein Schritt nur
hinein ins Feuer,
das den Dornbusch
nicht verbrennt.
Und dann
ein Leben
in allen Farben
dieser Schöpfung.

Ich mache mich
auf meinen Weg,
um inmitten der Grautöne
wenigstens
einen Fleck
abzubekommen.

Ballade

„Ihr seid sündig!"
sagten die Stimmen,
die nicht verstehen konnten,
daß zwei Kinder
mit dem Feuer spielten
ohne Angst, sich daran
zu verbrennen.
Und die Kinder
verstanden selber nicht,
weshalb sie zitterten
bis in die Knochen.
Sie wußten nur,
daß sie einander
halten konnten
in der Dunkelheit.
Also klammerten sie sich
eines ans andre,
bis der Morgen kam,
die Nacht zu
vertreiben
und Vernunft
zu bringen.

„Ihr seid sündig",
sagten die Stimmen.
„Ja",
sagten die Kinder
und küßten einander
so fest sie
nur konnten.

Ein Knacksen in der Leitung

Als das Telefon klingelte, war ich gerade dabei, meine Schreibmaschine zu traktieren. Ich tauchte noch einmal in die Tasten, versuchte verzweifelt, meine Gedanken in zusammenhängende Buchstabenfolgen zu zwängen, gab schließlich doch auf und hatte beim dritten Läuten den Hörer in der Hand. Als das schönste Mädchen von allen sich meldete, blieb mein Herz stehen. Gott sei Dank, daß es sich's dann doch anders überlegte und mir so Gelegenheit gab, die alles entscheidende Frage irgendwo zwischen Gaumen, Zunge und Lippen aus dem Rachen zu zwängen: „Wann können wir uns sehen?"

In der darauffolgenden Stille glaubte ich hören zu können, wie ihr schulmäßig trainiertes Gewissen eine unglaublich triste Botschaft über Prüfungen und Noten in ihr zartes Herz raunte. Viel zu lange hatte sie mich schon warten lassen. „Ich würde ja schon gerne ... Warte, mein Kalender ... Wie wäre es mit ...?"

Und dann dieses verhängnisvolle Knacksen in der Leitung, dieser technisch perfekte Kehlkopfknackslaut – dann nur mehr das rasende Gepiepse des Besetztzeichens. Ich hielt den Hörer in der Hand und glaubte es einfach nicht. Hatte sie wirklich aufgelegt? Ich durchkramte mein gemartertes Hirn nach ihrer Nummer. Es war immer noch besetzt. Einen Moment lang wiegte ich mich in der trügerischen Hoffnung, sie könnte vielleicht auch gerade mich anrufen, und legte blitzschnell auf.

Ich begann im Raum auf und ab zu gehen, zündete eine Zigarette an und sah zu, wie sie im Aschenbecher vor sich hin brannte. Asche zu Asche, Staub zu Staub, dachte ich melancholisch. Nach fünf Minuten hielt ich es nicht mehr aus und wählte erneut ihre Nummer.

Diesmal ertönte nicht einmal das Besetztzeichen. Es war, als ginge der Sensenmann durch die Leitung. Freunde des Fernsprechapparates mögen mir Betrug vorwerfen,

Lüge, Vorspiegelung falscher Tatsachen – aber als ich die Zeit anrief, hörte ich weder Summerton noch Tonbandstimme. Ich geriet in Raserei, versuchte es mit allen Nummern, die mir einfielen. Sogar die Kummernummer versagte mir heute den Dienst.
Im letzten klaren Gedanken dieser seltsamen Nacht beschloß ich, daß mein Telefon aus irgendwelchen aller Vernunft unzugänglichen Gründen ausgerechnet jetzt den Weg alles Irdischen gegangen sei. Ich stürzte in meinen Mantel und hinaus in die Nacht.
Ich weiß noch, daß mir der kristallklare Himmel auffiel und die Eiseskälte der Luft. In einem kurzen Anflug cyranoesker Gefühle suchte ich nach dem Mond. „Wir sind die Gascogner Kadetten ...", murmelte ich vor mich hin. Dann begann ich zu laufen.
Ich rannte bis zur Meidlinger Hauptstraße. Als ich dort ankam, blinzelte mir das silberne Kästchen verheißungsvoll entgegen. Ich betrat die Telefonzelle, warf zitternd einen Schilling ein, hörte das vertraute Freisignal und wählte.
Ich wurde enttäuscht. Wieder probierte ich Auskunft und Zeit, warf sogar noch einen Schilling in den Schlitz – aber trotz aller Bemühungen war das Ergebnis immer dasselbe. Diese grausame Stille im Hörer! Diese fürchterliche Kälte meinem Flehen, Schluchzen, Schreien gegenüber! Ich trat gegen das Gerät, wohl wissend um die Sinnlosigkeit meines Tuns. Schließlich wurde ich von einer keifenden Stimme in meinen Körperübungen unterbrochen: „Was tun S' denn da?"
Ich schnappte meine Geldtasche und öffnete die Tür. Der Dame, die in Pelzmantel und Hut vor mir stand, konnte ich nur durch heftiges Gestikulieren bedeuten, was auf dem Spiel stand.
Sie begriff nicht, was ich meinte. „Sie, tun S' öffentliche Einrichtungen nicht tätlich angreifen!" rief sie aus. „Zu was ist die Polizei überhaupt noch gut? Einsperren sollt' man Sie! Einsperren!" Ich gab meine verzweifelten

Kommunikationsversuche auf und machte mich auf meinen Weg. Irgendwo in dieser Weltstadt, dieser Kulturmetropole, diesem Millionen-Einwohner-Dorf mußte es doch eine Telefonzelle geben, die mir wohlgesonnen war! Ich fragte doch nicht nach der Welt, oder? EINE hätte mir schon genügt. So begann meine Odyssee durch Wien.
Die Menschen, denen ich begegnete, nahm ich kaum wahr – ich hoffe nur, daß keiner dabei war, der mich kannte. Allerdings erhebt sich an diesem Punkt die Frage, ob jener hypothetische Freund auch gewußt hätte, mit wem er es zu tun hatte. Der Kontrollor in der U-Bahn jedenfalls hielt mich zunächst für einen Schwarzfahrer, da ich mich bis zu seinem dritten Annäherungsversuch als unfähig erwies, meinen Ausweis aus der Tasche zu holen.
Nach endlosen Fahrten und zahlreichen mißlungenen Eroberungsversuchen bei Telefonzellen erreichte ich schließlich den Stephansplatz. Wieder überraschte mich die Kälte dieser Nacht. Ich fand eine Uhr, die mir traurig erzählte vom Windhauch der Vergänglichkeit, der alles Irdische durchweht. Es war halb eins. Ich stellte sachlich fest, daß ich ab jetzt in meiner Mobilität ganz auf meine Beine angewiesen war.
Neben der Telefonzelle stand ein Mann. Auf seiner Schulter saß eine schöne, große Hausratte mit dunklen Augen und einem Schwanz wie Methusalems Bart. Ich stellte mich in voller Größe vor die beiden und begann eine Frage zu formulieren, über deren Inhalt ich mir erst klar wurde, nachdem ich sie ausgesprochen hatte: „Wer bist du?"
„Ich bin der Geheimnisträger", antwortete die Ratte. Ich ließ den Mund offen. Staunte – und staunte noch vielmehr, als die Ratte zur Gegenfrage anhob: „Was willst du von mir?"
Da ich nichts sagte, riet sie mir in freundschaftlichem Tonfall: „Mach den Mund zu; es ist kalt da draußen!"

„Entschuldigung!" Ich verneigte mich kurz. „Kannst du mir helfen?"
„Das ist eine rätselhafte Frage! Hast du gehört, Karl? Ein Rätsel!" Der Mann nickte heftig, was die Ratte in Nöte brachte. Sie verkrallte sich in seiner Schulter, während er eine mir unverständliche Antwort piepste und mit einem kleinen Schrei verstummte. „Verzeih mir, Karl", sagte die Ratte, „aber wenn ein Erdbeben kommt, muß man sich an allem festhalten, was sich gerade den Krallen bietet. Im übrigen" – sie wandte sich wieder an mich – „weißt du vielleicht, wie viele Sterne es im Weltall gibt? Weißt du, wann Gott die Welt erschaffen hat? Oder wie lange er dazu brauchte? Kannst du mir Auskunft geben über den Turmbau zu Babel?"
„Nein", mußte ich zugeben. „Damit kann ich leider im Augenblick nicht dienen. Aber ..." Weiter kam ich nicht. „Dann tut es mir leid. Dann kann ich dir auch nicht helfen. So schade es vielleicht sein mag – du mußt schon zugeben: Eine Hand wäscht die andere. Fairneß im Geschäftsleben ist eine der Grundvoraussetzungen für das Leben überhaupt!" Sie spitzte die Lippen, sodaß ihre Barthaare für einen Moment nach vorne zuckten. Dann meinte sie zu ihrem Begleiter: „Karl, wir müssen jetzt aber endlich Johnny anrufen. Sonst ist er uns sicher böse! Fairneß, mein Lieber, Fairneß!"
Die zwei traten in die Telefonzelle. Ganz deutlich sah ich, wie der Mann eine Nummer wählte und den Hörer an das Ohr der Ratte hielt. Noch deutlicher aber hörte ich – und ich glaubte fast, ich müsse jeden Augenblick zerspringen –, daß die Ratte mit dem anderen Gesprächsteilnehmer an seinem tadellos funktionierenden Apparat sprach. Es entwickelte sich ein Dialog über die Grenzen der wissenschaftlichen Erkenntnismöglichkeit, über das Sein an sich und die Existenz des Wunders in der technischen Welt. Tränen traten mir in die Augen, als Münze für Münze im Telefon verschwand und umgesetzt wurde in Gedanken, Worte und Elektrizität.

Während ich dastand, kam ich auf die dumme Idee, in meine Geldbörse zu schauen. Fast hatte ich es befürchtet: Keine einzige Münze war mir geblieben! Als der Geheimnisträger schließlich das Gespräch beendete und sich anschickte zu gehen, hielt ich ihn auf. „Bitte!“ Mehr brachte ich nicht mehr heraus. Da flüsterte die Ratte ihrem Gefährten etwas ins Ohr, und der nahm einen Schilling aus der Tasche, den er mir – da bin ich absolut sicher! – in die Hand geben wollte.
Leider war er dabei etwas ungeschickt. Das Geldstück fiel zu Boden. Dort angekommen, rollte es in südlicher Richtung, während ich die Verfolgung aufnahm. Aus den Augenwinkeln nahm ich wahr, daß der Geheimnisträger davonging. Aber das war nicht wichtig. Wichtig war der Schilling, der sich einem Kanalgitter näherte, unerbittlich, wie ferngesteuert, und, während ich stolperte und hart auf dem Beton aufprallte, seinen Weg zwischen den Gitterstäben durch nahm.
In meiner mißlichen und durch und durch himmelschreienden Lage fand mich ein Fanatiker. Ich erkannte ihn sogleich an den überaus zahlreichen Stickers, die in gleichmäßiger Verteilung seinen Mantel bedeckten.
„Hallo“, sagte er. „Ich sehe, du brauchst Hilfe.“
Endlich einer, der mich versteht, dachte ich und setzte mich mühsam auf. Dazu, meinen Gedanken auszusprechen, kam ich nicht mehr, denn er fuhr sogleich fort: „Du bist vom rechten Weg abgekommen. Ein schwarzes Schaf, das sich im Gebirge der Leidenschaften verirrt hat.“
Wie recht der Typ hatte! Er ließ mich nicht zu Wort kommen.
„Du bist auf die schiefe Bahn gekommen und weißt nicht mehr, wie du den Weg zurück finden sollst.“
Ich begann leise zu stöhnen, was er als Aufforderung zum Weiterreden verstand.
„Denn wenn du so weitermachst wie bisher, gibt es nur eine Konsequenz ...“ Ich stöhnte lauter, und er redete

schneller. „... die Hölle! So will es der unergründliche Ratschluß des liebenden Gottes. Darum, mein Freund, brauchst du uns – die Gemeinschaft des Göttlichen Kosmischen Lichts der Himmlischen Erwartung vom Gestrigen Tag!" Irgendwie schaffte ich es, auf die Beine zu kommen. „Wir können dir helfen, wir und nur wir!" Ich machte ein paar schwankende Schritte vorwärts. Willst du nicht beitreten, mein Freund? Kostet auch gar nicht viel – am Anfang wenigstens ..."

Ich sah ihn an mit einer Mischung aus Entsetzen und Überraschung. Er gestikulierte wild vor sich hin. „Danke", sagte ich und ließ ihn stehen.

Für den Heimweg brauchte ich mehrere Stunden. Als ich meine Wohnung betrat, dämmerte bereits ein neuer Morgen. Müde zog ich meine Schuhe aus und besah mir die Blasen, die fast symmetrisch meine Füße überdeckten. Ich setzte mich aufs Bett und schloß die Augen; genoß die Dunkelheit, die sich hinter den Lidern ausbreitete. Der Schmerz in meinem Herzen war seit gestern abend nicht vergangen. Im Gegenteil. Er rief Schwester Einsamkeit zu Hilfe, um mir die Sicht vollends zu nehmen. Ich begann, ein Loch in meine Seele zu graben; grub tiefer und tiefer, bis ich Platz genug hatte, um mich darin zu verstecken.

Und plötzlich war da ein Funke von Heiligkeit, und er hatte nichts zu tun mit Himmel und Hölle, ließ sich nicht löschen von Menschen oder Dingen. Wohlig fühlte ich, daß ich mich schon wieder verliebt hatte, und Gott nahm mich in die Arme und bot mir seinen Pullover, um mich darin auszuweinen. Er schenkte mir einen Augen-Blick voll Leben; ich entzündete meine Kerze am Funken, der still vor sich hin glomm, und fand wieder Hoffnung.

Das Telefon klingelte.